ぼくの昭和のものがたり

岡山晴彦作品集

bokunoshouwanomonogatari

Okayama Haruyoshi

ふらんす堂

ぼくの昭和のものがたり　岡山晴彦作品集

「麦の穂」　七五言葉の童話劇

「愛の記憶」　朗読のための詩劇

ぼくの昭和のものがたり／目次

Ⅰ 童話集

六篇

麦《むぎ》の穂《ほ》

七五言葉の童話劇

【登場者】

ネズ吉　ネズ子
学校ねずみ　洋食屋ねずみ　料亭《りょうてい》ねずみ
猫の虎三《とらぞう》
土竜《もぐら》の王様　その秘書《ひしょ》長官　その国土《こくど》大臣
又六爺《またろくじい》さん　春夫　そのお母さん

◇詞は、七五、時に四四・五五の「音数律」によりランダムに組成。
但し「春夫の家」と最後の「粉挽き小屋」の場後半は通常会話体。
◇劇としているが、中味は概ね会話体の構成。末尾の詩は創作。
◇『作品評言』　詩人 水崎野里子氏　216頁（随想　ことばへの想い）。
◇作品の周辺「余話」　220頁。
◇『図書新聞』「同人誌時評」に作品評　文芸評論家 志村有弘氏　222頁。
（参考）宮沢賢治に七五調韻文の童話（口語散文体）二編あり。
「北守将軍と三人兄弟の医者」「オツベルと象」。

◆「粉挽き小屋」の場

凸凹山の中腹の景、粉挽き小屋に石臼。又六爺さんが粉を挽く。脇にネズ吉が座る。

又　六　ほれほれほうれ麦の穂や田んぼの落ち穂たんと食べ。お前のために拾《ひろ》てきた。

穂を差し出す。ネズ吉、嬉しそうに押し戴く。

ねずみはもともと野や山で、草の実や虫たち頼り、暮らしておった。そのうちに、町や村にも下りてきて、こっそり食べ物お裾分《すそわ》け、人と一緒に過ごすよに。だがお前、昔のような野のねずみ。凸凹《でこぼこ》山から下りてきて、そして時々ここにきて、わしの仕事を覗《のぞ》き込む。可愛《かわい》くなってネズ吉と、名前をつけてやったのじゃ。ところで来年お前たち、巡りめぐって子《ね》*の年だ。ねずみ殿、きっとええことあるだろに。

（*十二支の最初　ねずみ年）

ネズ吉、窓から外を見る。

又　六　今日も朝からいい天気、夜になっても町の灯《ひ》は、麓《ふもと》の方によく見える。近頃ようくお前さん、そちらをじっと見つめとる。いつの世も、ここら辺りにいるものは、町に憧《あこが》れ持つようだ。遠くあるもの素晴《すば》らしく、そんな思いになるのだろ。もしかして、やがてそのうちあの町に、出掛けてみたいということか。

ネズ吉が頷き、町の灯が瞬く絵を掲げ、そちらの方を指す。又六がぽつんと呟く。

又六　もう以前、心どこかにさ迷うて、粉《こな》挽《ひ》き小屋に倒れ込み、この持ち主に救われた。その前の記憶が消えて情《なさ》けない。あの町が、だが何となく気にはなる。体さえ自由が利けば、わしもまた。

　　　気を取り直し、

又六　ネズ吉よ、行くがいい、見てくるがいい。夢がほんとか分かるだろ。幸いに、貨物《かもつ》電車が町へ行く。駅にゆき積み荷の隅に潜《もぐ》りこむ。それが一番確《たし》かな道だ。

　　　ネズ吉が感謝の手足をすり合わせる。又六が退場。

　　　ネズ吉、貨車の表示を持って、身を揺する。

ネズ吉　ガットン　ゴットン、揺られて町に着きました。ここ下りたとこ、でかい建物立っている。何だか淋しい風景《ふうけい》だ。怖《こわ》いが入ってみましょうに。

　　　恐る恐る入ってゆく。

◆「旧小学校」の場

　　　空教室の表示。

ネズ吉　机と椅子が並んでて、だだっ広《ぴろ》いが塵埃《ちりほこり》。おうやおや、そこらにぼくと似たものが。背中に口が開いている。なにやら不思議《ふしぎ》な感じだな。

　　　ねずみの置物の表示を覗き込む。学校ねずみが登場。

学　校　とつぜん出会ったご同類《どうるい》。見ればまだ、ほんにお若い方のよう。いずこの地から来られたか。

ネズ吉　かなたに見える凸凹《でこぼこ》山、いつも眺《なが》める町の灯《ひ》が、もう懐《なつ》かしくたまらずに、とうとう山を下りました。ところでここはどんなとこ。淋しくて、心許《こころもと》ない気もします。

学　校　ここは昔の小学校。すっかり人が減っていて、今は廃校《はいこう》*となっている。

（*閉じられた学校）

ネズ吉　町なのに、思いがけないこんな場所。ところでお聞きいたします。机の上の置物《おきもの》は、ぼくらの姿そっくりで。一体これは何でしょう。

学　校　ああこれは子供たち、使っておった貯金箱《ちょきんばこ》。忘れて置いたままになり、どれどれお金《かね》あるのかな。

箱を揺する。

空《から》のようだね。そう言えば、ぼくらの年がやがて来る、そのときちゃんと使えるね。

ネズ吉　又六さんもこの間、同じ話をしてました。

学　校　ええ、誰のこと。

ネズ吉　いいえいいえ、こちらの話。お爺《じい》さん、ぼくのこと、いつも気にかけくれてます。

学　校　人間は、年を数えて十二*で巡《めぐ》る。年に動物名《な》を付けて、はじめが子年《ね》、ねずみのことよ。それだけ人と昔から、縁《えん》が深いというわけだ。

（*暦の干支《えと》の十二支）

ネズ吉　学校に、住んでおられただけあって、色んな知識《ちしき》がおありです。

学　校　［照れ臭そうに］いいやそれ程、でもないよ。みんなそっくり耳学問《みみがくもん》。ところでね、今日ここに、仲間が集《つど》う予定だよ。人数《にんず》たったの、三人だけど。

ネズ吉　ああそれは、ぼくは山出《やまだ》し田舎者《いなかもの》、まったく町は不案内《ふあんない》。ぜひどうか、ご一緒《いっしょ》させて下さいな。

洋食屋ねずみと料亭ねずみが登場。

学　校　この方は凸凹山から遥々《はるばる》と、町に来られたネズ吉さん。おふたりさん、自己紹介《じこしょうかい》をしてあげて。

ネズ吉がお辞儀をして、

ネズ吉　町見たく、山を下りきたネズ吉です、諸先輩《しょせんぱい》よろしくご指導《しどう》ねがいます。

洋食屋　工場移転《いてん》、おまけに地震、町は少々寂《さび》れているが、洋食の店五十年、西洋直伝《じきでん》、名物シチュー。ご主人いつも鍋を手に、匂いぷんぷん掻《か》き立てて、うま味《み》こってりお手のもの、そんな料理《りょうり》を出している。自慢《じまん》じゃないが、ぼくの住まいはそんなところよ。

料　亭　景気《けいき》はまあださっぱりで、会議《かいぎ》や接待《せったい》減ってはいるが、地元では、百年続く老舗《しにせ》*の料亭《りょうてい》。ご主人は包丁《ほうちょう》やぁと振り回し、赤身と白身切り分けて、和食の粋《すい》を極《きわ》めん

と食通《しょくつう》の舌楽します。威張《いば》る訳じゃあないけれど、ぼくの住まいはそんなところよ。（＊古くからある名店）

ネズ吉　私にはもう想像《そうぞう》も出来ません。お二人住まい、覗《のぞ》いてみたいものですね。

猫の虎三が登場。お腹ぽんぽん叩きながら皆の前に立つ。

虎　三　ああ腹減った、腹減った。悪いけど、たまには欲しい別の餌《えさ》。ネズ公まあだ、食べたことない。おお旨《うま》そうだ。四匹揃《そろ》ってちょうど良い。まあんずは、肥《ふと》った奴からいこうかの。

洋食屋　ああ虎三《とらぞう》様、虎三様。しばらくぶりでございます。ご機嫌《きげん》いかがでございます。

虎　三　うむそう言えば、ここらにはシチューの匂いぷんぷんだ。いつも残りを頂きおろ。お前の体も栄養《えいよう》たっぷり、さぞかし味《あじ》も良いじゃろう。

洋食屋　とんでもとんでも、ありません。こんな体を食べたなら、血圧上がり肥満体《ひまんたい》、体重オーバー間違いなし。お止《よ》しになって然《しか》るべし。

虎　三　なるほどそれも一理《いちり》[*1]ある。ふむふむ、お前も旨そうだ。きけば山海珍味《さんかいちんみ》[*2]残り物、たっぷりたっぷり頂いて、体つやつや、さぞかし美味《びみ》であろうかの。

（＊1 一応の理屈《りくつ》）（＊2 海山の美味しいもの）

料亭　とんでもとんでもございません。こんなわたくし食べたなら、いつもご馳走《ちそう》思い出し、日々のお食事不味《まず》くなる。食欲減退《げんたい》身も細る、思い直して下さいませや。

虎三　ふむふむ、それも一理ある。そこな学校ねずみとやら、お前はどうじゃ。いつも色々考えて、頭ばっかり大きくて、あまり旨そう、でもないがのう。

学校　もっともでございます。こんなに不味《まず》いからだでも、良ければ皆を代表し、お食べになっても良いですよ。そうきっと知能指数《ちのうしすう》*が上がりましょ。（*頭の働きを計る基準）

虎三　そかそかお前は感心じゃ。皆の代わりに犠牲《いけにえ》に、なろうというは、気《き》っ風《ぷ》良し。そんな奴、食おうという気にならぬのう。そこな若者お前はどうじゃ。見れば震《ふる》えておるような。

ネズ吉　わたしはほんとの山育《やまそだ》ち、町に初めて出てきたばかり。すっかり覚悟《かくご》決めました。ぴちぴちと瑞々《みずみず》しいよこの体。ただ痛いのはいやなので、一口にひと思いにて、食べて頂き、たいのです。

虎三　みんなして、ひと理屈《りくつ》をばこねまわし、食う気も失《う》せてしもたわい。ところでよ、はしこくて物くすね*、それが上手なお前たち。（*こっそり頂く）

洋食屋　それは少々、人聞《ひとぎ》き悪うございます。泥棒《どろぼう》猫とは違います。ああ失礼、虎三様の、ことを申した訳でなく、世間一般例《せけんいっぱんたと》えです。手前どもではつつましく、遠慮《えんりょ》しながら余りもの、少々、頂くことにしています。

虎三　おれは野良殿《のらどの》、ではなくて、春夫と母さんその家の、素性《すじょう》正しい家猫じゃ。それはどうでもよいのだが、ところでそんなお前たち、見込んで頼みたいことがある。その前に事《こと》の次第《しだい》を聞いてくれ。

一呼吸おき、昔を思い出す風。

この俺も、あの頃まあだ若かった。肌はつやつや、ぴんと張り、そこを猫捕《と》り狙われた。道で会ったが運の尽《つ》き。つやつやとしたこの肌を、ああ無残《むざん》やな剝《は》ぎ取られ、あの三味線《しゃみせん》の、皮に危うくなりそうに。

洋食屋　それはさぞかしいい音で、美女《びじょ》に抱かれて爪弾《つまび》かれ、悪い気持ちはしないはず、いやご無礼《ぶれい》なこと申し。

洋食屋が三味線を弾く仕草。虎三はつるりと顔を撫でる。

虎三　今はこのわし皺《しわ》だらけ、もう用済《ようず》みの弛《たる》んだ身。少し淋しくあるがのう。おおお前、申すでないぞ馬鹿なこと。

料亭　わたしらをもう食べないと。そんならお話聞きましょう。

虎三　それでは続きを聞かせよう。ああそれこそは、涙なくして語れない。春夫の母さんそこ通り、猫捕《と》りの袋に入ったこのわしを、可哀相《かわいそう》じゃということで、嬉しや嬉し、金まで払うて助けてくれた。それからよ、いのちの恩人母さんは、毎日欠かさず餌《えさ》をくれ、ここまで立派に生き延びた。どうだ泣かせる美談《びだん》*じゃろ。
洟《はな》をすする。
（*感心するようないい話）

学校ねずみが一歩前に出る。

学校　七年前の大《おお》地震、あのころ春夫は小学生。家は壊《こわ》れて下敷きに、あわれ父さん亡くなった。母さん野菜を売り歩き、春夫を育ててきたのです。

虎三　申すとおりじゃ、学校ねずみ。さすがに良うく知っておる。ああなんという不幸せ、その父は、焼《や》き物《もの》仕事にしておった。春夫幼く、当時はもちろん後継《つ》げぬ。ただ窯《かま》場《ば》*1など、そのまま置いてあるようだ。そのあとは、言わず語らずわが心、お前ら忖《そん》度《たく》*2、忖度せい。
（*1 焼き物の仕事をする所）（*2 他人の気持を推し量る）

洋食屋　そんなことから手前ども、なにか手伝え、仰せでしょうか。

虎三　今の話しはともかくに、もうわしも、寄る年波《としなみ》*1で先がない。お前ら会うたが勿怪《もっけ》の幸い*2。やっとこせ、恩返しするときが来た。くすねて回る、いやあちこちを、走り回って顔広い、ねずみの代表お前たち。お二人に、楽というかや、身の立つような知恵《ちえ》が欲しいのじゃ。またわしが、ここに来るまで、良き返事、嬉しい返事を待っている。
（*1 老年になること）（*2 思いがけない幸運）

猫の虎三退場。

学　校　はてさて難題《なんだい》、押っつけられた。三人寄れば文殊《もんじゅ》の知恵《ちえ》*、これは失礼、ネズ吉君、あなた加えて四人組。
（*文殊菩薩《もんじゅぼさつ》の知恵の例え）

ネズ子が泣きながら登場。

料理屋　えんえん泣いて、何があったの、ネズ子君。
ネズ子　これからこれから、どうしよう。わたしの母さん食べられた。わたしは独《ひと》りみなし子に。
料　亭　おおさては、あの虎三に。猫殿に。
ネズ子　［首を振り］いえいえいいいえ、食べたのは、床下潜んだ青大将《あおだいしょう》*。ひと呑《の》み母さん消えちゃった。その時そこに虎三と、名乗る猫さん現れて、髪逆立《さかだ》てて追い払い、わたしを助けてくれました。
（*緑色の大きなヘビ）
学　校　ああ可哀《かわい》そに可哀そに、それでもみんなここに居る。もう大丈夫、安心だ。それに今日、若い新顔《しんがお》加わった。凸凹《でこぼこ》山のネズ吉君。名前も似てて丁度いい。もう母さんが居なくても、たがいに仲良くしてあげて。
ネズ吉　突然のこと言葉なく、はやく悲しみ消えればと、それぐらいしか言えません。
学　校　ネズ子は隣で、休んでなさい。しばらく悲しみ消えぬだろ。

ネズ子退場。

学　校　今のネズ子の話では、こちらまた、虎三殿に借《か》り出来た。そうでなくとも申出を、放《ほう》っておく訳ゆくまいて。どうだ皆、いい知恵絞《しぼ》ってくれまいか。母親苦労し育てたが、春夫は素直《すなお》で親思い、誰にも優しくいい少年、わたしも助けてあげたいと、心底《しんそこ》ほんとにそう思う。

そのとき、家が揺れしばらく続く。

洋食屋　地震だぞ。大きい揺れだ、潰《つぶ》される。

料　亭　皆さんここで慌《あわ》てない。わたしの住んでる料亭《りょうてい》は、日本庭園構《かま》えてる。そこ百年、土竜《もぐら》の一族居《きょ》を構え、丈夫な穴に暮らします。まだまだ余震《よしん》が続きそう。とりあえず、みんなでそこに行きましょう。

学　校　それはいい案、ネズ子も連れて。ここを離れて退散《たいさん》退散。

一同出てゆく。

◆「土竜王の館」の場

穴のなかの王座の表示。土竜の王様登場。

土竜王　おうおうこれはねずみ殿。揃って一同、ようく越された。結構《けっこう》大きな地震であった。だがしばらくは続きましょう。土の中住みおるわれら誰よりも、一層早く予知《よち》をするのじゃ。

学　校　もう突然にまかり越し、申し訳なく存じます。余震《よしん》がそのうち収まれば、早々《そうそう》失礼いたします。

土竜王　大した馳走《ちそう》もできないが、今日のディナー*は、蚯蚓《みみず》に添えて地虫《じむし》の卵。もう存分《ぞんぶん》に召し上がり、楽しみくつろぎゆるりとされよ。

（*正式な夕食会の食事）

料亭ねずみ、居住まいを正し。

料　亭　お恐れながら王様に、伺いたいことございます。

土竜王　さあて余《よ》の、知りうることなら何なりと。

料　亭　地中に広がる王様領《りょう》地《ち》、そのなかに、焼《や》き物《もの》作る家のあり。悔《くや》しいことに、地震で主人は亡き人に。

土竜王　ああかのご仁《じん》、立派な器《うつわ》を作りおり、惜しい方ではあったのう。あなたも知っているようにここ料亭《りょうてい》で使いおり、客人《きゃくじん》みんな喜んで、いい持《も》て成《な》しが出来たのじゃ。

学　校　それにつき、七年前のことですが、思い出されることなきや。

土竜王　そう言えば、潰《つぶ》れかかった家の下、備忘録《びぼうろく》*あり捨てるのも、どうかと思い取り置いた。

（*忘れぬよう要点記すノート）

学　校　そこには何と記《しる》されて。ご記憶あればお教えを。

土竜王　しばらく瞑目思い出す風。うろ覚《おぼ》えだが、表題たしか「鼠志野《ねずみしの》*」。あなた方とは名が同じ、というわけじゃ。そちらと何か係わりが。

（*鉄成分で鼠色の焼き物）

学　校　[思わず手を叩き] その方は、美濃《みの》*の辺りの生まれです。その地では、われらと同じ肌《はだ》色《いろ》の、焼き物伝統《でんとう》伝えます。名人肌の人らしく、新感覚の作品を、生もうとしたのか知れません。貴重《きちょう》なものですその秘伝《ひでん》、きっと記してありましょう。

（*今の岐阜県の南東地方）

料　亭　してそれは今、どこに置かれてあるのでしょう。

土竜王　ああそれは大切に、宝物蔵《ほうもつぐら》に入れてある。

学　校　今は見ること叶《かな》いましょうか、その文書。以前その方奥さんに、いのち救われ、恩《おん》義《ぎ》を受けた者がおり。感謝の心示さねば、いつも申しているのです。少しでも、助けになれればと存じます。

土竜王　宜《よろ》しいとは存ずるが、わが国土大臣、なにせ少々うるさ型。それでも余から、言い聞かせてはおこうぞよ。[苦笑] ところでそちらに以前より、訊《たず》ねておった余の即《そく》位《い》、十周年の戴冠《たいかん》式*、その王冠はどうなった。

（*冠を被り王になる儀式）

学　校　秘書長官と話し合い、祝典用をもう既《すで》に、選びおります、どうぞ安心召《め》されませ。

やっと余震《よしん》が収まりました。ひとまずは、わたしの住《すみ》かに帰りましょう。
それでは王様、これで失礼いたします。
一同引き上げる。土竜王退場。

◆「旧小学校」の場

ねずみたち並ぶ。

学　校　やれやれみんな お疲れ様。地震もどうやら収まって、これからは、虎三《とらぞう》殿と土竜《もぐら》王様、おふたりの希望について話し合い。王冠は洋食屋さんもう打合せ済んでいる。
洋食屋　ピカピカと光り頭に被るもの、もうすでに、店のグラスを用意してます。
学　校　虎三殿のあの親子への恩返し、ふと閃《ひらめ》いたことがある。鼠志野《ねずみしの》への備忘録、貴重《きちょう》な父の書手に入れて、息子の春夫にプレゼント、こんなプランはどうだろう。ただし少々、国土大臣喧《やかま》し屋、納得《なっとく》させるやりかたは。
料　亭　それなら名案ありますよ。いつもお店の料理人、砥石《といし》で包丁研いでます。それで爪研ぎ穴掘れば、土竜国、国土膨張《ぼうちょう》間違いなし。欠片《かけら》でも良し、贈りましょう。
学　校　それはグッドアイデア、オーケーだ。さっそくそれでゆくとしょう。新入りのネズ吉君はどうですか。
ネズ吉　お役に立てるかぼくなりに、考えましたこんな案。初めて来たときそこにある、ぼくらのかたち貯金箱《ちょきんばこ》。子《ね》年のものと聞きました。十二年、巡《めぐ》り巡ってねずみ年、その焼《や》き物《もの》を春夫さん、作ればいいなと、そう願い。

洋食屋　それは良いこと気が付いた。聞けばその彼焼き物の、仕事継ぐべく学校の、専門課《せんもんか》程《てい》*で学んでる。残された、窯《かま》も幸いあるようだ、勉強兼ねて商品の、貯金箱などぴったりだ。

（*特定のことを学ぶ学習コース）

料　亭　加えてよ、春夫勉強しそのうちに、備忘録《びぼうろく》見て鼠志野《ねずみしの》。そんな器《うつわ》ができたなら、わが店の料理に華《はな》を添えるだろ。それも将来期待《きたい》しよ。

学　校　いい考えが続出《ぞくしゅつ》だ。貯金箱、まずは話を進めよう。その春夫、その気にさせるやり方は。ネズ吉君、なにかいい案あるのかな。

ネズ吉　今ここにある貯金箱、彼のその目に触れるよに、手元に持って行きましょう。見たら父さん作ったもの、賢《かしこ》い少年、すぐ気づく。

学　校　なるほどね、だが問題はこの重さ、さてどうやって運ぶかな。ねずみの力じゃ、無理だよね。

ネズ吉　その難問《なんもん》も解けました。机の下を探したら、昔生徒が持ってきた手提《てさ》げ袋がありました。これに収めて運びましょう。

洋食屋　どうやって。みんなで引っ張り、行くのかな。

ネズ吉　こんな時、虎三さんの出番《でばん》です。ご老体《ろうたい》、少し重いが恩人の、春夫母さんためならば、張り切りやってくれましょう。

料　亭　[手を叩き] いやあ、これは妙案《みょうあん》。虎三殿が汗かいて、担《かつ》いでいるのを見たいもの。

学　校　それでは、さっそく袋詰め。みんなでせっせこ、みんなでせっせこ。

手提げ袋に、貯金箱を詰める。

そこへ猫の虎三が現れる。

虎　三　ううむうむ、少々耳が遠くても、大体のこと分かったぞ。そこな若者感心じゃ。お前の提案《ていあん》グッドだぞ。なあになに、おれさまは、年は取っても足腰ピンピン、任《まか》しとけ。

学　校　やあ虎三殿、いいところへ来なさった。委細《いさい》はそこで聞かれた通り。ちとばかり荷物であるが彼の許《もと》、お運び頂くこといかが。

虎　三　春夫に母さん、吃驚《びっくり》するのが見えるよだ。そうかそうかお前らの、もうやがて来る年回り。うんそう言えば、このおれは、いつ生まれたんじゃったかな。それはどうでもいいことだ。年など忘れ、さあ行くとすか。

虎三が袋に寄り、口にくわえる。

虎三　これしきのこと、なんのその、恩人《おんじん》の春夫母さんためならば、千里《せんり》の道も一里《いちり》*とて、はるばる行くぜ、かの家に。（*遠い道も苦にならぬ例え）
よいしょ、よいしょ。

皆も虎三の背中を押して手伝う。虎三退場。

学校　それでは、今日はこれくらい、みんなそれぞれ休みましょ。ひとりぽっちのネズ子には、ネズ吉君が付き添って、ここに仲良く休みなさい。

一同退場。

◆「土竜王の館」の場

翌日、学校ねずみ、洋食屋ねずみ、料亭ねずみが待機。

土竜の王様、秘書長官、国土大臣が登場。

学校　先日の地震の折は、救《すく》いの手。助け頂きねずみ族、厚く御《おん》礼申します。本日は、感謝のしるし稀《まれ》なもの、お贈りしたく存じます。なお恐縮《きょうしゅく》でありますが、たまたまに、お願いしたいこともあり、併せ言上《ごんじょう》いたします。

洋食　謹《つつし》んで、王様と秘書長官に申し上げます。かねてからお望みの王冠は、店で大事に使いおる、このグラス。もうぴったりでありましょう。昔はこれは玻璃《はり》*と申します。穴の中、織りなすカット煌《きら》めいて、光り輝くご威光《いこう》は、きっとあまねく照らしま

（＊仏の七宝水晶、転じてガラス）

しょう。

グラスを捧げる。土竜王は、満足げに頭にグラスを載せる。
ご満悦の様子。

土竜王　うむ、良いものじゃ、秘書長官はいかがかな。

秘書長官　［跪《ひざまず》き］まことに、即位から十周年の記念式典。戴冠式《たいかんしき》の王冠に、相応《ふさわ》しいものかと存じます。

料　亭　私よりもお願いの筋のあり、王様と国土大臣に、申し上げます。あの折に伺いました鼠志野《ねずみしの》。作り手の息《そく》春夫殿、彼に秘伝《ひでん》を伝えたく、その備忘録《びぼうろく》下《さ》げ渡し伏してお願い致します。本人が修業を積んで良い器《うつわ》、この料亭《りょうてい》に納めれば、千客万来《ばんらい》。庭に在ります土竜国《もぐらこく》、めでたいことに存じます。同じ地に住む手前共、その誼《よしみ》でも、併せお願いいたします。そのために、このわたくしは御《おん》礼に、料理する人厨房《ちゅうぼう》で、せっせこ包丁《ほうちょう》を研ぐこの砥石《といし》、持参いたしました次第です。この物は一片《ひとかけら》でも百人力。爪研ぎ澄《す》まし、どんどこどんどん穴掘り進めば、王様の地下の領地は幾層倍《いくそうばい》。国土繁栄《こくどはんえい》、領民安楽《りょうみんあんらく》、めでたしめでたしと成りまする。

土竜王は、砥石で爪を研いでみて、尖り具合を確かめる。

砥石を国土大臣に渡しながら。

土竜王　おおこれは、もう珍しき優《すぐ》れ物。国土大臣どう思う。

国土大臣　［自分も爪を研ぎ、頷く］　かならずや、お国の役に立ちましょう。これより砥石の余りがあれば、こちらへ収めいただけば、なおなお良しと存じます。

料　亭　［頭を下げ］　畏《かしこ》まりました。

土竜王　ふむふむ、こたびはあなた方、素晴《すば》らしきこと、よう考えた。お礼に申出許すといたそう。長官も大臣も、異存《いぞん》あるまい。　双方共頷く。

土竜王　そうじゃ、今一つこちらから、贈るものあり。用意したもの、長官これへ。

長官が紙に包んだものを捧げ持つ。

土竜王　われわれ地中《ちちゅう》にいるものは、病虫害《びょうちゅうがい》に強い植物、良く分かる。中味を今は明かせぬが、そのような西洋野菜の種子《しゅし》である。そちらの誠意受け入れて、特別に余から進呈《しんてい》いたしたい。

学校ねずみが進み出て、長官から押し戴く。

学　校　まことに貴重《きちょう》なものを賜《たまわ》りて、感謝の言葉もありません。考えますに春夫殿、その母は、夫を亡くし野菜を作り、町で行商《ぎょうしょう》、苦労を重ね育てきました。その母に、種を与えて作らせて、評判《ひょうばん》取ればその精進《しょうじん》に、報いることができましょう。

洋食屋　ああそれならば母親が、滋養《じよう》あり美味《びみ》な野菜を育てれば、洋食屋、きっとメニューに採用いたしましょう。また虎三《とらぞう》なる、その母を恩人とする猫殿も、喜ぶものと存じます。

土竜王　聞けば感心な母子《おやこ》あり、きょうのこと、そのものたちの役に立つという。嬉しきことじゃ。良《よ》しなに伝えよ。

一　同　［声を揃えて］有《あ》り難《がと》うござりまする。　全員退出。

◆「春夫の家」の場

この場は、詞は音数律を使用しない。
春夫の亡父の写真を置いたちゃぶ台、その前に春夫とその母が座る。
脇に猫の虎三が寝そべる。隅には、ねずみたち一同控えている。

春　夫　ねえ母さん、なんか不思議《ふしぎ》だよね。父さんの取り組んでいた鼠志野《ねずみしの》の備忘録《びぼうろく》が、いつの間にか位牌《いはい》の前に供えてあったなんて。それにもう十年以上前に、父さんが作ったねずみの貯金箱《ちょきんばこ》が、このちゃぶ台の上においてあったんだよ。

母　そういえばここに、「野菜の種」と書いてある袋も置いてあった。この二つとも、お父さんの遺影《いえい》にお参りに来てくれた人が置いて行ったのかも知れないね。

いずれにしても野菜の種は珍しいものかも知れないし、時機を見て植えてみようかね。

春夫　ぼくは小さいときから、父さんの後を継いで、良い焼《や》き物《もの》を作ろうと思っていたんだ。幸い今そんな勉強のできる学校に通《かよ》ってる。いつか父さんの郷里の美濃《みの》にも行ってみて、鼠志野という素晴《すば》らしいものつくってみたいなあ。

母　それより今人に貸しているが、窯《かま》だってそのまま残してある。どうだい、まだ時間あるので手始めに、この貯金箱を参考にして、あんたも作ってみたら。このわたしや当時の方もいてまだ手伝えるし、あんたの売れる商品第一号になるかも知れないよ。うまく行けば、記念品にも使えるし、商店街の景気付けになるかもね。

春夫　そうだね、子供なりに、父さんに負けないような、ねずみさんの貯金箱を焼いてみようかな。それにしても、近頃父さんの遺影を拝みに来てくれた人、心当たりが無いし、どうも不思議だなあ。

猫の虎三が起き上がり。

虎三　エッヘン、あれはそもそも。

春夫　え、虎三《とらぞう》何か言った。

虎三　[小さな声で]　いいやそれはこちらのことで。

ねずみたちが拍手をして出てゆく。

春夫　あれなに、影のようなものが、出て行ったようだ。何だったんだろう。

母　家に来てくれた神様の影だったのかもしれないね。福《ふく》の神様は見えないと言うしね。

春夫　そうかも知れないね。いや父さんだ。きっとそうだ。ひょっとしたら、備忘録も野菜の種も、神様になった父さんからの贈《おく》り物《もの》だったのかも知れない。そう思っておこう。

母　それとも、おじいちゃんかな。地震の火災で家が焼け、行方不明になり、遺体《いたい》も見つからなかった。やっぱり亡くなったのかな。時々父さんの焼き物を手伝って、このねずみの貯金箱を作った時も一所懸命《いっしょけんめい》だったものね。

虎三　にゃーん　長く鳴く。

母　お前が危《あや》うく三味線《しゃみせん》の皮にされようとした時から、もう何年たったかな。あれからすっかり、年を取ってしまったね。あら私だって同じだった。虎三ご免ね。

虎三　にゃーん　満足そうに鳴く。

◆「旧小学校」の場

ねずみたちが並ぶ。

学　校　こたびはみんな、お疲れさん。今日春夫殿と母さんに、こちらの思い無事通じ、それもこの目で確かめて、お互い嬉しいことでした。とくにネズ吉君、この度は良きアイデアを頂戴《ちょうだい》し、まことに感謝に堪《た》えません。色々町のできごとを、その身で体験《たいけん》、いい勉強をされました。これからもまた末永く、友情の絆《きずな》を結んでゆきましょう。

ネズ吉　突然訪《たず》ねたここの町、もう素晴《すば》らしい日々でした。感謝と友情、言葉には尽《つ》くせないほど、そんな気持で一杯です。もうこれ以上、話すことが。目頭を拭く。

凸凹《でこぼこ》山に帰ったら、学んだことを糧《かて》にして、また一歩、踏み出したいと存じます。重ねて御《おん》礼申します。

学　校　ネズ子もそんな訳《わけ》だから、一言《ひとこと》あなたの思いを話したら。

ネズ子　母さんをあんな形で亡くしても、温かい皆の気持に包まれて、感謝のこころ尽《つ》きません。そんな想いに満《み》たされた、心のなかの貯金箱《ちょきんばこ》。いつも抱きしめ、そんな大人《おとな》になりたいと。

学　校　貯金箱には愛情も、入ったのかなネズ子君。

ネズ子　あのう。

洋食屋　照《て》れることない、分かってた。ネズ吉君を見てる横顔そうだった。

料亭　迷わずにネズ吉君と行きなさい。頼もしい連れ合いなので、大丈夫。
ネズ吉　皆さん。　言葉が出ない。
学校　代わりに言ってあげましょう。ぼくの気持ちも同じです。
学校、洋食屋、料亭ねずみが、祝福の拍手をする。
ネズ吉　凸凹山の周《まわ》りに仲間は居ませんが、野や山の恵みを受けた自然あり。また近くには粉挽《こなび》き小屋、そこに親しいお爺《じい》さん、時々一緒に過ごします。ここ鉄道の駅からは、貨物《かもつ》電車が走ってます。その隅に便乗《びんじょう》すれば半時間、凸凹山に到着です。皆さんとまた会える日を楽しみに、ふたりでずっと待ってます。
再び皆が拍手をする。

◆「粉挽き小屋」の場

又六爺さん、脇にネズ吉、ネズ子が座る。石臼を回している手を止めて。

又六　久し振《ぶ》りだの、ネズ吉や。今までどこへ行っていた。おお隣りには優しげな、どうやらお前のお嫁さん。一体どこから連れてきた。

ネズ子がお辞儀をする。

ほうえらくお行儀《ぎょうぎ》のいい姫様じゃ。さてはこの前、町行き望んだお前のことだ。ほんとに行って垢抜《あか》けた、女性をものにしたようだ。なかなか隅に置けぬのう。

麦の穂と落ち穂を与える。

ほれ、結婚のお祝《いわ》いじゃ。これお食べ。いまから粉《こな》引く麦《むぎ》の穂《ほ》だ。初々《ういうい》しいまだ新婚のお前たち、もうぴったりのご馳走《ちそう》よ。

ふたり押し戴いて食べる。外に物音。

郵便屋《ゆうびんや》さん来たようじゃ。どっこいしょ。

手紙を持ってきて封を切り、文面を読み、しばらくして頷く。
脇に置いた袋から、鼠の貯金箱を取り出す。［以後、詞は音数律を使用しない。］

又六　病院からじゃ。わしは医者からもう一年のいのちと言われておる。お前たちに言うても詮無《せんな》いことじゃが、もう何年も前に記憶を失うて彷徨《さまよ》い、この粉挽《こなひ》き小屋に辿り着いた。その時離さず持っていたのが、この鼠《ねずみ》の貯金箱《ちょきんばこ》じゃ。昔のことは何も思い出せぬが、この中には、わしの過ごしてきた頃の思いが、一杯詰まっているような気がする。

（*しかたがない）

一息つく。

この世は空気だけではのうて、息づくものの思いにも満たされとる。そこには、喜びや悲しみの気持も生まれよう。だがどんなことであれ思うことで心が癒《いや》される。それができるのは、生きているものだけの倖《しあわ》せじゃ。だから、わしの思いと心を満たした、この貯金箱は、最後まで大切にしておこう。

　　ネズ吉ネズ子がチュウチュウと鳴く。
　　うれしくて、かなしくての仕草。

又六　そうか分かってくれるか。お前たちの声を初めて聞いたぞよ。大黒《だいこく》さんのお使いというねずみ殿、鼠大明神《ねずみだいみょうじん》＊様じゃ。鳴き声もほんに惚《ほ》れ惚《ぼ》れ、この世からのわしの旅立ちを、祝《いお》うてくれる歌のようなな。おのれがどこの誰とも知れぬまま、こんなとき、親身《しんみ》なお前たちに出おうたのもなにかの縁じゃのう。

（＊ご利益《りやく》を頂く神様）

　　外に目をやりながら、ひとり呟くように。

昔誰のだったか、こんな詩を聞いたことがある。

　心の霧に隠されて
過ぎた思いは今どこに
迷いみち　生きる縁《よすが》を訪ねゆく

心の影の閉じられて
秘められしものここにあり
人知れず　やがて果てる日共々に

又六　おお、もう日が暮れた。ふたりともお休み、幸せにな。きっとお前たちは、豊かな気持ちになって、これから生きてゆけるじゃろう。

［おわり］

姫《ひめ》サラの木

丘の四季

【登場者】

犬のシロ君　その飼主お母さん
狸のタヌ子　その母、タヌ六爺さん
ご隠居のタヌ老さん
猫のゴン太
ヒヨドリのピヨ太　その息子ピヨ吉

◇作品の周辺「余話」221頁
◇作材となった犬の「シロ」と「狸」の写真　221頁
◇「ちっちゃい演劇フェスティバル」で劇化され、
川崎市多摩市民館で上演（２０１９岸部児童劇・写真）222頁

㈠　はじめに

まっ白な毛なみのシロ君は、耳がピンと立った小型犬《こがたけん》です。住まいは「ひばりが丘」にあります。東京の西にあり、高層《こうそう》ビルや、天気のいい日には東に筑波山《つくばさん》、西に富士山まで見えて、見晴らしの良いところです。その辺《あた》りは、いくつもの丘が重なりあっているので、多摩丘陵《たまきゅうりょう》と呼ばれています。

シロ君が家にきたとき、鎖《くさり》につないでおくのはかわいそうと、お父さんが庭を囲《かこ》って、遊び場を作ってくれました。そこはわがもの顔で、駆け回って遊ぶことができます。そのなかには、姫サラや山桜《やまざくら》などの木が植えてあります。春に愛らしい葉が顔を出し、夏に小さな白い花の咲く姫サラが、シロ君のお気に入りでした。

夕方になると、お母さんが丘の下の町に、散歩《さんぽ》に連れていってくれます。道ばたで匂いをかぎながら、いろんなことを空想《くうそう》するのが、シロ君の楽しみです。途中でお母さんが知りあいの人とお話するので、町の出来《でき》ごとも分かってきました。

昔このあたりは、雁沢《かりさわ》の谷戸《やと》と呼ばれていました。丘と丘の間の低い土地を谷戸といい、そこには水が湧《わ》いています。その頃は、雁など渡り鳥も翼《つばさ》を休めたから、きっとこの地名がついたのでしょう。裏庭の崖《がけ》の下がその谷戸になっています。

シロ君は、子供たちの声が聞こえると、裏庭の崖をてっぺん近くまで、駆け上ってみせました。「パチパチパチ。すごい、すごい。」と拍手してもらい、得意顔《とくい》です。そうやって毎日崖登りを練習しているうちに、シロ君はそれが上手になり、とうとうてっぺんにある垣根まで行くのに、成功しました。

そこから見る谷戸の眺《なが》めは、最高のものでした。「ワンワン。わあ、素晴《すば》らしい。」と思わず叫んで、しばらく見とれていました。気持ち良さそうな木陰《こかげ》や草むらだ、行ってみたいな。でもすこし怖《こわ》い気もする。どんなものがいるか分からないもの。なかなか決心がつきません。

〈シロ君の毎日〉

元気なシロ君は、そのうち退屈《たいくつ》してきました。ある日のこと、家の門が閉め忘れられていました。これ幸いとそこから抜け出したのです。ちょうど夕方の薄暗《うすぐら》くなる頃のことでした。近くの顔見知りのおばさんが、袋を大事そうに抱えて辺《あた》りを気にしながら出てゆきます。

「なんだか怪《あや》しいぞ、どこへゆくのだろう。」そっとつけてゆくと、横丁の誰もいないところで袋を広げ、声をかけるのです。すると猫たちが出てきて、袋の餌《えさ》を美味《おい》しそうに食べ始めます。吃驚《びっくり》して、相手が強そうな猫たちなので、慌《あわ》てて家に帰ることにしました。

この丘や谷戸《やと》は、まだ自然《しぜん》が残されていて、動物や鳥などいろんな生き物が暮《く》らしています。また人の住む家もふえましたが、かれらはそれもうまく利用しています。

シロ君が好きな姫サラには、いつも賑《にぎ》やかなひよどりがきます。庭の山桜《やまざくら》にかけた巣《す》で、近頃生まれたようです。姫サラの葉にいる小さな虫が大好きで、枝に止まってちょんちょんと、おいしそうにつついて食べています。

おなじ庭に住んでいる仲間なので、「おーい、友だちにならないか。」と声をかけてみました。すぐ仲良くなり、ピヨ太と呼ぶことにしました。おしゃべりな彼は、空から偵察《ていさつ》して、丘で起こっているいろんなニュースを、教えてくれます。ある日のこと、

「シロ君、シロ君。家の門が開いてるよ。いまお母さんが出かけたのだ。外を散歩《さんぽ》するチャンスだよ。」と知らせにきます。急いで外に出たシロ君は、ぐいと背のびなどして、せっかくだ。お母さんがいない間、羽をのばそうっと、門の前の坂道を下りはじめました。

途中に駐車場《ちゅうしゃじょう》があります。そこの車の下から、子猫の鳴き声がしてきました。

「みゃんみゃん、おなかが空《す》いたよう。」捨てられたばかりのようで、犬も猫もまだ見分

けがつかず、すり寄ってきます。

シロ君はかわいそうになり、この前の餌場《えさば》のところへ、連れてゆきました。隠《かく》れて見ていると、おばさんがやってきて、子猫をみると、「あら、あんた新顔《しんがお》ね、頑張《がんば》りなさい。早く一人前の猫になるのだよ。」と励《はげ》ましていました。


〈谷戸へ下りたシロ君〉


シロ君はいつものとおり、崖《がけ》のフェンスのところまで上りました。でもあいかわらず、谷戸《やと》へゆくのは、怖《こわ》くてなりません。迷っているのを見たピヨ太が、「シロ君、大丈夫だよ。恐《おそ》ろしいものはいないよ。思いきって下りてごらんよ。」と力づけます。

そこである朝早く一番鶏《どり》の鳴く頃、一気に崖を上りました。思いきって垣根をくぐり抜け、谷戸へ下りてみます。ピヨ太の言う通りでした。

「いい気分だなあ。草や葉っぱの朝露《つゆ》って、こんなに美味《おい》しいんだ。小鳥さんや山鳩《やまばと》くんもいるぞ。追っかけてみようっと。」

そこで一時間ほど遊び回りました。川に囲《かこ》まれた谷戸《やと》には、だれも入れないので、ゆっくりできるのです。気がついたら、すっかり夜が明け、人の声がしてきます。慌《あわ》てて家に帰り、犬小屋で寝たふりをしました。

その日はそれで済みましたが、それから「お父さんやお母さんに、見つからないようにするには、どうしたらいいのかな。」とシロ君は懸命《けんめい》に考えました。いいやり方が浮かんだのです。「そうだ、このあいだみたいに、朝早く抜け出せばいいんだ。」

それからシロ君は、夜明け頃まで遊んだあと、犬小屋にもどり、なに食わぬ顔をして「ワンワン、お早う。」お父さんお母さんに挨拶《あいさつ》します。幸いだれも気がつきませんでした。「君の言う通りだった。素晴《すば》らしいところだったよ。」とシロ君はピヨ太にお礼を言いました。

(二) タヌ子とのふれあい

ある日、シロ君はいつものように、谷戸《やと》で遊んでいました。草の中に鼻をもぐらせて、匂いを嗅《か》いでみたり、仰向《あおむ》けになって、地面に背中をこすりつけたりするのが大好きでした。起き上がると、目の前にふしぎな穴があります。

「あれっ、中になにかいるようだ。」やがて茶色い小さな動物《どうぶつ》が出てきて、シロ君を見ると驚《おどろ》いて、また穴に戻っていきました。

「こんな処に子犬がいる。でもまん丸な目をして体も丸くて、おまけに大きな尻尾《しっぽ》がついていたぞ。それに匂いも僕と少し違うようだな。確《たし》かめてみよう。」穴に顔を入れてみます。その途端《とたん》、「いていて、いてて。」爪《つめ》のようなもので、いやというほど鼻を引っかかれたのです。魂消《たまげ》てすぐ家へ逃げ帰りました。お父さんは傷を見て「弱虫《よわむし》のくせに、猫と喧嘩《けんか》をするからだ。そういえばさっき野良《のら》が庭にいたな。」ブツブツ言いながらも、薬《くすり》をつけてくれました。

シロ君が前に助けた猫は、早いもので立派な青年になり、時々訪《たず》ねてきます。犬と猫は、ふつうあまり仲が良くないのですが、恩《おん》を忘れず「兄貴《あにき》、兄貴」といって尊敬《そんけい》してくれます。シロ君はゴン太と名をつけました。

そこで、このあたりをよく知っているゴン太に、この前の動物のことを訊《たず》ねてみたところ、「そういえば、昔からあそこには、兄貴たちと似た狸《たぬき》というのが住んでいる、そんな話は聞いたことがある。だけどまだ会ったことはないんだ。」ということです。

シロ君は、またそこへいってみました。このまえより、もっと肥《ふと》ったお母さんが出てきて、「しっ、ううっ。」すごい勢《いきお》いで追い払いにかかります。「たしかに僕らと似ている、だけどどこかが違うようだな。」そんなことが分かってきました。

でもシロ君は諦《あきら》めません。「くんくん、出ておいでよ。ぼくは近くに友だちもいないし、そっと遊ぼうよ。」と何度も声をかけます。とうとう根負《こんま》けして、お母さんも許してくれました。その子狸は女の子なので、タヌ子と名づけました。

〈タヌ子母子を助ける〉

谷戸のうえに北斗七星《ほくとしちせい》がきらめき、北風が吹き始める頃、動物たちの生活は、厳《きび》しくなります。冬ごもりの狸《たぬき》も、栄養《えいよう》はとらねばなりません。「近頃、このあたりは人家《じんか》がふえ、木の実もほとんどないのよ。どうやって食べ物をみつけよう。お腹《なか》が空いたの、弱ったなあ。」タヌ子たちは悩《なや》んでいました。

相談《そうだん》されたシロ君は、猫たちの餌場《えさば》を思い出しました。まずゴン太に聞いたところ、「困っているときは、おたがいさまだ。兄貴《あにき》の頼《たの》みをみんなに話してみよう。」気持ち良く引き受けてくれて、食べ物を残しておいてくれることになりました。

「猫たちの秘密《ひみつ》の餌場があるので、そこに連れていってあげるよ。あの猫のおばさんには内緒《ないしょ》だけど。」タヌ子母子《おやこ》にわけを話して、約束しました。引き受けてみたものの、はたと困ったことがあります。タヌ子たちだけでは心細いので、案内《あんない》はシロ君にしてもらわねばなりません。

だが、「近ごろ家の門は、いつも閉まっている。餌場にゆくには、谷戸から外へ出る道しかないんだけど。」と言います。でも谷戸《やと》の川にかかった橋の門は、固く閉められています。とても乗りこえられません。

「わたしたちは、橋に渡された土管《どかん》（雨水を流すくだ）の穴を潜《くぐ》って、外の道に出ているの。」とタヌ子が教えてくれます。「ぼくは足が長いので無理だな。仕方がない。恐くてたまらないけど、その上を歩いて渡ろう。」シロ君は、危ない思いをしながら、やっと外の道に出ることができました。

こうして秘密《ひみつ》の場所に、タヌ子母子を連れていったのです。

タヌ母さんはたいへん喜んで、「すごいごちそうだね。シロ君ありがとう。これからも仲良くしようね。」シロ君を信用して心を開いてくれるようになりました。

その後も、他の猫たちには言わずに、そっとゴン太が、食べ物を取っておいてくれます。


〈タヌ子との友情〉

丘の四季は移りかわり、シロ君もタヌ子もおとなになり、穏《おだ》やかな日々が過ぎてゆきました。ふたりは兄妹《きょうだい》のように、仲の良い友だちで、「背も低く、体も肥《ふと》って足も短い。だけど不格好《ぶかっこう》なんかじゃない、お前はいい子だよ。」シロ君は妹のように愛《いと》しがります。

あるときは、「このあたりのこと教えて。」とタヌ子にせがまれ、「土管《どかん》渡りの冒険《ぼうけん》など、ほんとうはしたくないんだ。だからこれきりだよ。」と、タヌ子を連れて川をこえて、いろんな家を見て歩きました。

「この家には、親孝行《おやこうこう》の息子さんがいるよ。ここが、猫を大好きなおばさんの家だよ。ここは犬を子供みたいに、可愛《かわい》がっているおじさんだよ。」身ぶり足ぶりで、おもしろおかしく教えてあげます。シロ君は、お母さんと散歩しているので、ご近所のことを良く知っているのです。

犬と狸《たぬき》は、もともと同じイヌ科《か》で親戚《しんせき》なので、「タヌ子と遊んでいるうちに、だんだんむずかしい狸語《ご》だって、話せるようになったのだよ。」とシロ君は嬉《うれ》しそうです。月夜の晩には、「遠吠《とおぼ》えの歌を聞かせてあげよう、アーアー、ホォーホォー。」シロ君が歌い、タヌ子はうっとりと、その歌声にきき入ります。

ときには悲しいこともおきます。「従弟《いとこ》が遊びにくるとき、線路《せんろ》で電車にはねられて亡くなったの。」シロ君は泣いているタヌ子を、慰《なぐさ》めてあげました。

ある夜のこと、シロ君はタヌ子の家で、大きな図体《ずうたい》の爺《じい》さま狸に出くわしました。「いやいやどうも、初めまして。」あわてて挨拶《あいさつ》をしますが、むこうは、「なんだか、変《か》わった奴《やつ》だな。」と思ったようです。

でもタヌ母さんに、「この方は、私の大叔父《おじ》のタヌ六爺さんです。この先の電車線路を越えたところにある、女子大学の森に住んでいるの。長いこと生きているので、人間の言《こと》葉《ば》だって分かるのよ。」と紹介《しょうかい》され、すぐに仲良しになりました。

またこんな思いがけないことまで、教えてくれました。

「女子大の隣《となり》のランド遊園地《ゆうえんち》に、私の兄弟が住んでいて、東の緑地苑《りょくちえん》にも親戚《しんせき》がいるのよ。」

タヌ六爺さんは物知りです。あるとき、いつも陽気なピヨ太が困りきった声で、「近ごろ、草の種や木の実が少なくなったよ。おまけに、カラスがふえてきて、ぼくたちの分まで横《よこ》取《ど》りされてしまう。」さんざん嘆《なげ》いています。

シロ君が爺さんに相談《そうだん》したところ、「人間が入ってこないところを、まず探してみなさい。空からみれば、すぐ見つかるはずだ。川べりや用水の柵《さく》のなかとか、公園《こうえん》の植えこみや学校の庭や空き地なんか、そうだよ。」

話の次は、とシロ君は興味《きょうみ》しんしんで、耳を澄まします。

「鳥たちは実や種を食べて、ところかまわず捨てているだろう。だがそれは止めさせて、今言ったところに捨てさせなさい。そうすればそこに実や種のなる草木が、生えてくるはずだ。」

シロ君はなるほどなるほどと感心して、それをピヨ太に伝えます。ピヨ太はさっそく、藪柑子《やぶこうじ》など実のなる小さな木を選《えら》びました。そして、ほかの鳥にも協力してもらって、爺さんが言ったことを、実行《じっこう》したのです。

(三) タヌ子との別れ

この雁沢《かりさわ》の辺りは、近ごろ次々に家が建《た》ちはじめました。だから野生《やせい》の動物《どうぶつ》たちには、だんだん住み辛《づら》くなってきたのです。狸《たぬき》もすみかの穴をみつけるのが、むずかしくなったり、犬の病気のフィラリアなどに、かかるようになりました。

ある日のこと、ピヨ太がうろたえ声でシロ君に知らせにきたのです。

「大変だ、大変だ、谷戸《やと》めがけて、怪物《かいぶつ》みたいな鉄《てつ》のかたまりがやってくるぞ。」のぞいてみると、ほんとうに入り口に、とても大きな機械《きかい》が座っています。

そしてその日から、大きな爪《つめ》のようなもので、試《ため》しの穴を掘《ほ》ったり、人が慌《あわ》ただしくゆききするようになりました。

ある夜、浮《う》かぬ顔のタヌ子がやってきて、「大切なお話があるの。」と言ったきり、言いにくそうです。そのあとタヌ母さんから、思わぬ話を聞かされました。

「谷戸が騒《さわ》がしいので、タヌ六爺《じい》さんに聞いてもらったら、ここを埋《う》め立ててマンションを建《た》てよう、そんな話が進んでいるらしいの。急だけどここを引き払って、女子大の森へ引っ越します。何百年前のご先祖《せんぞ》さまから住んできた、この雁沢を出てゆくのは辛《つら》いけど、仕方ありません。明日お別れ会をするので来てください。」

シロ君は思いもかけないことに驚《おどろ》き、やがて悲しくなってきました。

〈別れの腹鼓〉

お別れ会にはタヌ六爺《じい》さんのほか、近くの親戚《しんせき》たちも招かれていました。猫のゴン太も招待《しょうたい》されています。爺さんは雁沢《かりさわ》の珍しい昔話を、たくさん聞かせてくれました。

「ここはきれいな泉が湧《わ》きだしており、木の実が一杯生《な》っている、渡り鳥の楽園《らくえん》じゃった。土器《どき》（土を焼いて作る）を使っていた大昔から、人が住みつき、鳥や獣《けもの》と仲良く暮らしておった。」などなど、懐《なつ》かしい話なので、みんな涙ぐんで、聞いていたようです。

この夜みんなで腹鼓《はらつづみ》（太鼓《たいこ》にして叩く）を打って、谷戸《やと》にお別れをしました。

〝雁沢よいとこ
朝は泉《いずみ》で　ちょいとお化粧《けしょう》し
東に手かざし　花のお江戸やーいやい
お供え栗《くり》の　いがいがむいて
西に手たたき　雨ふり大山《おおやま》あなとうと（雨の降る丹沢《たんざわ》の山で神様を拝む）〟

〝さらばさらば　皆の衆《しゅう》
うぐいすどのに　お別れじゃ
ひよどりどのにも　お別れじゃ
ひとつ丘こえ　ふたつ道こえ
女子大森へ遊びにきやれ〟

〝お世話になりもうした
谷戸の神さま　ご先祖《せんぞ》さま
草木の一本も　尊《とおと》くて

そろうて　そろうて
　おん礼《れい》もうしあげまする〟
シロ君もゴン太と並んで、長い足を窮屈《きゅうくつ》そうに折り曲げて、鳴らないお腹を懸命《けんめい》に叩きます。そして悲しさをこらえて、「女子大の森で、みんな幸せに暮らしてね。」というのが精一杯《せいいっぱい》でした。

近くの人たちは、
「谷戸の方で、お祭りでもないのに、鼓《つづみ》やお囃子《はやし》（祭の賑《にぎ》やかな音楽）の音が聞こえてきた。ふしぎな夜だった。」と噂《うわさ》をしていたそうです。

(四)　タヌ子の結婚

タヌ子たちが引っ越していって、シロ君は淋《さび》しくなりました。タヌ子もなかなか、谷戸《やと》へ戻ってくることができません。なにしろ、たくさんの家や車の多い道や、危険《きけん》な電車線《せん》路《ろ》をこえて、来なければならないのですから。

ある夜、初めてタヌ子がやってきたのです。久しぶりなので興奮気味《こうふんぎみ》のシロ君は、最近の雁沢《かりさわ》のできごとを、いろいろ話してあげました。

タヌ子は、喜んではじめは聞いていましたが、やがて、「ランド遊園地《ゆうえんち》に、タヌ吉さんという若者がおり、近《ちか》ぢかその方と結婚《けっこん》することにしました。」と恥ずかしそうに、またすこし言いにくそうに、報告《ほうこく》しました。

シロ君は、ちょっぴり残念《ざんねん》な気がしないでもありません。でもやはり犬と狸《たぬき》は、どこか違うのでしかたがないかな、と気を取り直し、

「おめでとう。幸せになってね。結婚式にはかならず出席《しゅっせき》するよ。」と約束《やくそく》しました。

そして思いきって、三度目の土管《どかん》渡りをして、外の道へ出てゆくことにしました。

〈結婚のお祝い〉

結婚式は昔にならって、十五夜《じゅうごや》の満月《まんげつ》の夜、すすきの穂《ほ》を供えて、女子大の森でおごそかにおこなわれました。

式には近くの親戚《しんせき》のほか、遠く丹沢《たんざわ》山の奥から、ご隠居《いんきょ》のタヌ老さんが招かれています。

この方は、百歳《さい》をこえた狸《たぬき》の世界の偉《えら》い方で、術《じゅつ》を使って、人間にも物にも化《ば》けられる

そうです。「キップを販売機《はんばいき》で買うようになり、木の葉のお金が、使いにくくなってのう。」
などとこぼしていました。

それはそれは、賑《にぎ》やかな宴会《えんかい》がはじまりました。

まずはタヌ老さんの音頭《おんど》とり

〝ささ　用意《ようい》はいいか　皆の衆《しゅう》
めでた　めでたや　月夜の太鼓《たいこ》
浮かれ狸のおもしろや
まずお腹《なか》の皮　ちょいとつまんで
年はとっても　たるみはないぞ
はじめはちょいと　ポンポンポン
つぎには指のさき　ポンポコリン
手のひら広げて　ポンポコポン
両手で大きく　ポンポコポン

そうれ　ポンポコリンのポンポンポン〃
タヌ六爺《じい》さんも負けてはいません
〃狸に位《くらい》はないものか　（えらいお役目）
おえらい狐《きつね》どのにききました
それは　それは
お前のしっぽはふとすぎる
お目々がどんぐりまるすぎる
あんよがみじかいばちのよう　（太鼓を叩くもの）
おなかがポンポン太鼓腹《たいこばら》

やっぱり位はいりませぬ
まるいはめでたい
タヌ子のお腹も満月《まんげつ》じゃ
みんなまるくて　ポンポコポン〃
お祝いは、一番鶏《いちばんどり》が鳴くころまでつづきました。シロ君は、心からタヌ子のしあわせを祈りました。

㈤　季節がすぎて

あれから、もうずいぶん年月がたってゆきました。

雁沢《かりさわ》の谷戸《やと》に、マンションをたてる計画も、景気《けいき》が落ちこんだことや、反対する人たちがいたり、いろんな事情《じじょう》で、まだそのままになっています。季節《きせつ》が何回も通りすぎて、姫サラもすくすく枝をのばしました。


シロ君も、ずいぶんおとなになりました。タヌ子のいない谷戸でも、懐《なつ》かしくて、久しぶりにひとりで行って、思いきり遊びますが、ふっとさみしくなることもあります。でも、たのしいことだってあります。

ひよどりは、息子ピヨ吉が二代目となって、シロ君をおじさん、おじさんと呼んで、頼《たよ》りにしてくれます。おしゃべりで、丘の最新《さいしん》ニュースをもってきてくれるのは、父のピヨ太とそっくりです。女子大の森へ飛んでいって、タヌ子たちの暮《く》らしぶりなど見て伝えてくれます。

なかにはシロ君にとって、悲しい知らせも、嬉しい知らせもあります。タヌ母さんが病気で亡くなったことや、タヌ子に子どもが生まれそうだということです。

シロ君は、タヌ子がきっとタヌ母さんのような、やさしい母親《ははおや》になれると思い悲しさを忘れることにしました。

ある日猫のゴン太が、久しぶりに顔をみせました。

「いやあ、兄貴《あにき》、ごぶさた。去年は、すみかを隣町《となりまち》に移すように命令され、しばらくここを留守《るす》にしていたんだ。」

猫の社会《しゃかい》では、いろいろきまりがあるらしいのです。たとえば、えらい会長《かいちょう》の命令で、ときどき縄張《なわば》り（もらった土地）が、替《か》えられることもあるそうです。

「ところが、その方が急病になり、ぼくが後任《こうにん》の会長に選《えら》ばれることになったんだよ。」

春と秋に猫たちの大会があり、そこの駐車場《ちゅうしゃじょう》が、この丘で行われる大会の会場《かいじょう》になるのだそうです。

シロ君は、昔出会った思い出のところで、思いがけなくゴン太が会長になる、そんな親友《しんゆう》の出世《しゅっせ》を心から喜びました。

近ごろシロ君は、若いときのようにからだを動かすことより、見たり聞いたり考えたりするほうが、楽《たの》しくなりました。

しき石のうえに寝そべって、花壇《かだん》のバラや、水仙《すいせん》やすずらんの匂いにうっとりしたり、犬小屋から、梅の実や雨にぬれた石灯籠《どうろう》に、みとれていたりします。

でも一番しあわせなのは、雁沢の谷戸から流れてくる、いろんな生き物たちの話し声や笑い声を、聞いているときです。シロ君にとっては、ここが故郷《ふるさと》なのです。みんなに囲《かこ》まれて、じぶんも生きているなあと思えるのです。

ときには頭《あたま》を使って、むずかしい相談《そうだん》にものります。ピヨ吉が心配そうな声で、

「おじさん。きのうカラスの代表がきて、無理《むり》なことを押しつけるのさ。自分たちの数がふえてきて、ねぐらが足りなくなったんだって。だからタヌ子さんたちが住んでいた、谷戸《やと》の林を明けわたせというんだ。あそこはここの小鳥たちにとって、オアシス（気持よく休めるところ）なんだけどね。」

シロ君はまだ若いピヨ吉のために、みんなの大事な林を守ることに、力を貸《か》そうと思いました。

㈥　シロ君の旅立ち

ちょうどそんなとき、めずらしくタヌ子がきたのです。しかも子どもを連れて。「この子はポン太といいます。」夫《おっと》のタヌ吉によく似た元気な男の子狸《こだぬき》です。

シロ君は、すっかり昔に戻《もど》ったようだと喜んで、いろいろな思い出話や、「ときどき、女子大の森までとどくように、遠吠《とおぼ》えの歌をうたったんだよ。あるとき腹《はら》鼓《つづみ》のまねをしたら、お父さんが首をかしげて、おできができたのかな、とお腹《なか》まで見てくれたんだよ。」などなど、身ぶり足ぶりで、おもしろいできごとを話しました。

だがときどきタヌ子がゆううつな顔になります。心配《しんぱい》して「どこかぐあいでもわるいの。」ときくと、「じつは夫のタヌ吉が、フィラリアにかかり、亡くなったの。」そんな気のどくなことになっていたのです。そして、

「女子大の森も、移ってくる仲間がふえて、住みにくくなったの。あなたやゴン太さんやピヨ吉君がいれば心強いし、この谷戸《やと》にときどき帰ってきたいのですが。」ということなのです。

シロ君は大歓迎《だいかんげい》です。ピヨ吉の頼みもあるし、さっそくタヌ子たちの住みかが、カラスに占領《せんりょう》されないように、ゴン太に相談《そうだん》しました。かれによれば、

「だいたい、あの連中《れんちゅう》の数がふえたのは、人間《にんげん》が出す生《なま》ゴミがふえたせいなのだ。夜明けを待って、よってたかって袋《ふくろ》をつつき、食べ散《ち》らかしているんだ。」

猫たちも時々ちょうだいするが、あれほど行儀《ぎょうぎ》は悪くないそうです。

「そうか、分かった。ほかならぬ兄貴《あにき》の話だ。さっそく猫軍団《ぐんだん》で強そうなものを選《えら》んで、ゴミ置場《おきば》で待ち構え、カラスどもを追っぱらってしまおう。そうすれば餌《えさ》が無くなって、よそへゆくものもでてきて、あいつらの数も減《へ》るだろう。」

その作戦《さくせん》はみごとに成功し、カラスたちのわがままもなくなりました。これでタヌ子たちも、谷戸に無事《ぶじ》住むことができます。

〈年をとったシロ君〉

とくに暑かったこの夏も、終りに近づいてきました。

やがてタヌ子たちもやってきます。元気にしていなければ、とシロ君は思いながらも、その暑さがこたえたのか、いや年をとったせいなのかも知れません。すっかり疲《つか》れやすくなったのです。木かげで眼をとじて、うとうとすることが多くなりました。

秋バラの匂いを嗅《か》いで、くしゃみをしたり、となりの白木蓮《はくもくれん》の大木《たいぼく》を見て、大きな白い花びらを思い出したりします。からだを動かすのが、少しおっくうになってきたのです。気がつけば、まっ白だった毛並みにも、いつのまにか黄色いものがまじっています。ときどき胸も苦しくなり、病院でみてもらって薬《くすり》をいただくこともあります。

このあいだ、こんなこともありました。

お母さんは、おばあちゃんの看病《かんびょう》のため、実家《じっか》へしばらく帰っています。ある日、「シロ君が、いなばの白兎《しろうさぎ》のように毛がぬけ、赤はだかになった夢を見たけど、大丈夫《だいじょうぶ》かしら。」とお父さんに電話がありました。

見るとからだをボリボリとかいています。調べると、草だにがシロ君のからだに付いて、血を吸っており、すぐ取ってあげました。年をとると、からだの抵抗力《ていこうりょく》がなくなりますので、こんなこともあります。

「かゆい、かゆい。なんとかして。」とシロ君の思いが、お母さんに伝わり、夢《ゆめ》で知らせてきたのかも知れません。ふしぎなことです。

（本当にあった話です）

〈姫サラの木〉


秋も深まってきて、タヌ子たちのくる日が近づいてきます。シロ君は、待ちどおしくてなりませんでした。

ある日とうとうピヨ吉が「さっきタヌ子さんのところに行ったら、あすの晩、ここへ移ってくるんだって。おじさんに伝言《でんごん》を頼《たの》まれてきたよ。」

嬉《うれ》しくて嬉しくてならないシロ君ですが、じつはその日、朝からすこし胸が苦しかったのです。だがそのことをだれにも言わず、また自分もすっかり忘れていたのです。

朝になるのも待ちどおしく、シロ君は食欲《しょくよく》はあまりなかったのに、食事も若いときのようにあまさず平らげ、敷石《しきいし》の上によこになりました。


冬も近くなり、この日は小春日和《こはるびより》（春みたいに暖かい日）です。シロ君はうとうとと、いつもの姫サラの木の下に眠っています。

ピヨ吉が、また慌《あわただ》しくやってきて、

「おじさん、おじさん。大ニュースだよ。狸《たぬき》のタヌ六爺《じい》さんに教わって、春に父さんたちが、人の来ないところに、藪柑子《やぶこうじ》の種《たね》をおいたでしょ。そこに実《み》がいっぱい生っているんだ。まるで畑《はたけ》みたいだよ。今年の食べ物は、もう心配しなくてもよくなったよ。」

シロ君はよかったね、とにっこりしてうなずき、また眠りにつきます。うれしくてたまらないけど、せっかくのお休みをじゃましないよう、ピヨ吉も姫サラの枝からはなれて、そっと飛んでゆきます。

おとなりの白木蓮《はくもくれん》の木から、大きな枯れ葉が落ちてきて、シロ君をやさしく包んでくれています。姫サラの木は、お釈迦《しゃか》さまがその下で亡くなられた、インドの沙羅双樹《さらそうじゅ》と似ているのです。だから日本では、貴《とうと》い木とされています。

その姫サラの木の下で、シロ君は夢《ゆめ》をみていました。自分が狸《たぬき》になって、タヌ子と結婚《けっこん》して、元気な男の子狸を連れて「さようなら、さようなら。」懐《なつ》かしいわが家をはなれ、遠いけど幸《しあわ》せの世界へ、旅立《たびだ》ってゆくのです。

お父さんとお母さん、ゴン太やピヨ太にピヨ吉、またタヌ母さんやタヌ六爺さんなど、シロ君が幸せをいただいたものたちが、

「シロ君、シロ君。タヌ子たちとしあわせに暮らしてね。いつかまた会えるといいね。」

みんな並んで手をふりながら、見送ってくれました。そしてシロ君は、とうとう夢《ゆめ》からさめませんでした。

その夜、雁沢《かりさわ》の谷戸《やと》から、お祭《まつ》りでもないのに「かなしげな　やがて　うれしげな」狸《たぬき》囃子《ばやし》が、虫の音《ね》といっしょに、そっと聞こえてきたそうです。

［おわり］

影《かげ》法《ぼう》師《し》

初午の日

【登場者】

光　小学生　戦争で九州の祖母宅へ　のち東京へ戻る。

おかっぱ頭の童子《わらしこ》　光疎開先の祠と多摩川辺りの小屋。

お稲荷さんの男女の五人　多摩川沿いの初午の社。

◇狐の宮参り行列

◇狐の陶片人形

光《ひかる》はいま小学校の二年生です。今日は一人で、竹やぶのなかの道で、石蹴《いしけ》りをして遊んでいます。道の向こうは隣町《となりまち》で、行き止まりの道の奥には、祠《ほこら》（小さなお社《やしろ》）があり、その前には鳥居《とりい》が立っています。

光は戦争で疎開《そかい》（空襲《くうしゅう》のない地にゆくこと）して、九州のお祖母《ばあ》さんの家に世話になっています。お母さんは、小さいときに病気で亡くなり、いま東京には、お父さんが仕事のために、一人でがんばっています。そのせいか、また兄弟もなく一人なので、やや内気《うちき》な光です。でも子供なりにいろいろ考えて、地元のガキ大将の後ろにくっついて、近ごろは安心して、皆と遊べるようになりました。

ここの子供たちは、いつも学校の放課後《ほうかご》にこの道に来て、竹やぶ越《ご》しに、隣町の見たこともない相手と、口喧嘩《くちげんか》をするのが習《なら》わしになっていました。「腰抜け町のわらべっちょ、やーい。」相手も負けずに「ふくれっ面《つら》の泣き虫やーい。」とやりあいます。時には、拾ってきた木の実などを投げ合いますが、お互いに怪我《けが》するようなことはありませんでした。

そんな日、一人で遊んでいる光の石が、なにかの拍子《ひょうし》に、やぶの中に入ってしまいました。そのとき、誰もいないと思っていたその中から、石が返ってきました。「ええっ。」と思いそちらを見ると、おかっぱ頭の子供が出てきたのです。まっ黒な髪《かみ》のおかっぱで、昔家にあった大和人形《やまと》（童姿《わらべすがた》の日本人形）に似ています。

「ありがとう。」と言ったら、「ありがとう。」と、おうむ返しに返事が戻ってきました。そのうち「ケンケンパ、じゃんけんぽん。」と二人して遊び、ルールがまだよくのみ込めていない子に、ていねいに教えてあげました。それからその子は、光の遊び相手になってくれました。でもふしぎに、みんなと来ているときは、けっして姿《すがた》を現しません。

戦争の行方《ゆくえ》が、きびしさをましたある日、その子が「けんけんぽん、みんなはどこへ、みんな、あちらへ。」と妙なことを呟《つぶや》きました。そしてじっと光をみつめ、「お兄さん、さようなら。」といつになくさみしげな声で言いました。その日、変わったことを今日は聞いたな、と思いながらも、大して気にもせず家に帰りました。

その夜のことです。地方の都市《とし》にも空襲《くうしゅう》が激しくなり、とうとうこの地にもその時がやってきたのです。焼夷弾《しょういだん》（火で燃やす爆弾）がたくさん落とされ、家のあたりにも火がまわり、光はお祖母《ばあ》さんに連れられ、いのちからがら、いつもの道に向かって逃げました。あたりは火の海です。二人は逃げまどい、もうだめかと思ったとき、あの子がとつぜん現れ、手《て》招《まね》きをしたほうにゆくと、竹やぶのなかに安全《あんぜん》な道がひらけ、そこを抜けて、ようやく助かったのです。

その翌日、帰ってみると、恐ろしい光景《こうけい》が広がっています。家はあとかたもなく焼けてしまい、竹やぶもすっかり燃えつき、道は空《あ》き地のようになっていました。辺りには、逃げ遅れて、黒焦《くろこ》げになった死体があちこちにあり、火がまだ燻《くすぶ》っていました。あの祠《ほこら》も、小さな石の鳥居《とりい》だけ残して、跡《あと》にはなにもありません。

あの子の思いがけないはたらきで、二人が助けられたのは、竹やぶかあの道の神様のお蔭《かげ》だったのかな、と光は思いました。ただお祖母さんには、あの子の姿は、少しも見えなかったそうです。そしてそのことは、誰にも言いませんでした。

その後、知り合いの家に、しばらくお世話になりましたが、やがてお父さんが戻ってきて、焼けあとに、バラック（粗末《そまつ》な小屋）ですが、住まいを作ってくれました。あの祠も、まもなく新しいものが建《た》てられました。竹やぶも、少しずつ元に戻りはじめました。

その後戦争は終わりましたが、落ちつくまでしばらく、その家で、お祖母《ばあ》さんと暮らすことにしました。

ある夜のこと、今までぐっすり寝こんでいた光は、なにかの気配《けはい》に、ふと目をさましました。気になって外をみると、祠《ほこら》へ向かって行列《ぎょうれつ》がそろりそろりと歩いてきます。ふしぎなことだと思ったのですが、怖《こわ》くはありませんでした。

小さいとき、話にきいた狐の嫁《よめ》入りのようだと、そのとき思ったのです。見るとほんとに、みんなそんなお面《めん》をかぶっています。そして驚《おどろ》いたことに、あの子が先頭に提灯《ちょうちん》を持って、歩いているのです。行列の者たちは、みな黙《だま》ってしずしずと進んでいきます。

それでも光は、あの時のお礼《れい》をと思って、言葉をかけようとしました。どうしたことか、声がでません。あの子は、しっと口に手をあて、光だけに聞こえるように、囁《ささや》きました。

「これが最後《さいご》の宮参《みやまい》りなのです。これからこの町でも都市計画《としけいかく》がはじまり、竹やぶもこの道もなくなります。わたしたちの行列も、今夜で終りなのです。そしてみな山へ帰ります。わたしもついてゆきます。」そして別れの思い出にと、小刀《こがたな》で光の足裏に、小さな十字の印《しるし》をつけてくれました。別に痛くもなく、ただその印《しるし》は光の足にずっと残りました。

やがて、光を育ててくれていたお祖母さんが、これまでの苦労《くろう》もかさなり、病気になり亡くなってしまったのです。お父さんの仕事《しごと》もまだ立ち直らず、仕方なくしばらく、光は親戚《しんせき》に引きとられることになりました。その家でも、子供と同じように、光を大切にしてくれますが、中々気持ちが落ちつかず、もっと無口《むくち》になりました。助けられた恩《おん》もあり、あの子のことは、やはり誰にも教えませんでした。

ある日のこと、遊んでいた道が懐《なつ》かしくなり、行ってみました。もう道はなく区画整理《くかくせいり》のために、空《あ》き地のままです。ふと地面を見ると、光の影法師《かげぼうし》のなかに、狐の白い陶器《とうき》の人形があるのに、気がつきました。焦《こ》げて欠けていたので、拾って、なにげなく祠《ほこら》の中へと投げ込みました。そのときのことは、ぼくは捨てたのではないよな、と少しほろ苦い後《こう》悔《かい》めいた気持ちとなり、後になっても光の心に残りました。

やがて戦後の復興《ふっこう》の槌音《つちおと》（生活が立ち直る）も聞こえはじめ、お父さんの仕事も持ち直したので、光も、東京へ帰ることになりました。疎開先《そかいさき》で、ようやく土地にもなじみ、努力して友達もできかかっていたので、残念《ざんねん》な気もしました。だがいずれ東京で暮らすのは、分かっていたので、新しい生活にもなれなければ、心を強く持とう、と光は決心しました。

それにつけても、今でも大和人形に似た童子《わらしこ》と遊んだこと、空襲《くうしゅう》のときのふしぎな体験《たいけん》、狐の陶片《とうへん》（焼物のかけら）のことなど、はっきりとまぶたに浮かんでくるのです。とくに足裏の印《しるし》は、まだ残っていて今は懐《なつ》かしくさえ思えます。そして、お面をつけたあの夜の行列は、今まであの地で流れた歳月《としつき》、その精霊《せいれい》（たましい）たちなのだろうか、またあの竹やぶ合戦《かっせん》も、ほんとうに道向こうに子供はいたんだろうか、あれはこだま（木魂）だったのかもしれないと、夢のようにさえ思えます。

新しい家は、多摩川《たまがわ》の近くでした。決心はしたものの、あいかわらず、無口で引っ込み思案《じあん》の光にとって、学校など、新しい生活になじむにも、時間がかかりそうでした。そんな光は、その河川敷《かせんじき》に、よく自転車で散歩《さんぽ》にでかけます。釣人《つりびと》や体操をしているご老人とも顔なじみになり、色々なことを教わっています。

ある日、たまには上流のほうに行こうと、自転車を置いて、河川敷を歩きはじめました。三十分ほどゆくと、だんだん芒《すすき》や藪《やぶ》が多くなるので、川べりに沿《そ》ってゆきました。疲れたので河原の石に腰かけて、少しうとうとしたのです。

人々の生活も、ようやく良くなりかけてはいますが、まだ事情《じじょう》があって、この辺りに小屋を作って、住んでいる人もいます。外に箒《ほうき》が吊るしてあり、小奇麗《こぎれい》にしてあります。小屋の前に小犬が一匹つながれていました。あんまり可愛《かわい》いので、光が近づいて撫《な》でていると、「どうぞ、おはいんなさい。」という声がして、老人が顔を出しました。光はちょっと躊躇《ためら》いましたが、ひとの好《よ》さそうな感じだったので、そのまま粗末《そまつ》な戸をあけて中へ入りました。

「ようこそ、奥の方にどうぞ。」と言われて、おそるおそる、まだ新しい障子《しょうじ》を開けると、どうでしょう、そこに座敷《ざしき》があったのです。うす暗いところを透《す》かしてみると、小さな子供が座っています。

「あっ。」と光は、声をあげました。あの子です、五年前に助けてくれたあの子です。あれから光は、それなりに大きくなりました。でもその子は、そのままの童子《わらしこ》の姿です。「君は。」というと、にっこり笑ってなにも言わず、座敷と一緒に消えてしまいました。辺りを見回すと、そこには、今は誰も住んでいない、小屋だけが残っていました。

その後、光は堤防《ていぼう》の上の道路を、爽《さわ》やかな風に吹かれながら、サイクリングしました。そして、なつかしいあの子と、話をしたかったな、それにしても、今のは夢だったのかなと、首をひねりながらも、光はだんだん晴れやかな気分になってきました。


数日後、光はいつものように、自転車で多摩川の方へ向かいました。途中、丘の上に、何本もの赤い鳥居《とりい》の連《つら》なったお稲荷《いなり》さんの社《やしろ》があります。見なれた風景《ふうけい》ですが、いつも気になっていました。そこは川のずいぶん手前で、二キロは離れたところにあります。

丘を仰ぐと、きょうはなにかのお祭りらしく、赤い鳥居の奥に、金や銀の折紙細工《おりがみざいく》が、きらきらと光っているのが、見えていました。光は、自転車を階段の下において、上ってゆきました。お社のまえの庭には、五人の男女が、焚火《たきび》を囲んでいました。

「こんにちは。」と光が近づくと、「子供が一人で来るのは珍しい、よう来たな。」と仲間《なかま》に入れてくれました。「きょうは、なんのお祭りですか。」と光がきくと、「初午《はつうま》（稲荷《いなり》神社で二月最初の祭）というんだよ。」と教えてくれました。今年も豊作《ほうさく》でありますようにと、稲《いね》の神様にお祈りするのだそうです。光はきょうはめでたい日なんだと、威勢《いせい》よくかしわ手を打って、お詣《まい》りしました。

「わらしっこ（童子）には、お神酒《みき》をあげるわけにはいかないしの。」と女のひとが言いながら、供えてあったお菓子をとって、光に分けてくれました。五人は、お祭りやお祝いのことや、いろんな仕来《しきた》り（土地の習わし）のことを話してくれました。

この人たちが仲間を、屋号《やごう》で呼んでいるのが、光には不思議《ふしぎ》でした。それも川魚《かわうお》屋、舟宿《ふなやど》屋、釣具《つりぐ》屋、竿竹《さおだけ》屋など、川にちなむものばかりです。「川は遠いのにどうして、そんな屋号が多いの。」と光は聞いてみました。

「それはな、川は動かんものと思っとるかも知れんが、昔多摩川は、年とともに流れを変えていたのよ。肥《こ》えた土地を残して、川は去ってゆく。そのころ川はここの下を流れていた。だからみな、それにつながった屋号なんだ。」と一番年長に見える白いひげのひとが、教えてくれました。

光はそのことを初めて知り、今の多摩川は、ずっと離れているのに、それでもこの人たちが今でも屋号で呼んでいるのは、昔を懐《なつ》かしむ気持ちからかな、と思いました。そんなことを考えているうちに、早くこんな人たちと一緒に、お神酒《みき》をいただけるように、元気で大きくなりたいな、という気持ちが、光に湧《わ》き上がってきたのです。

ふと足もとをみると、朝日に映った光の影のなかに、あの五年前の焼焦《やけこ》げた狐の陶片《とうへん》が、ふしぎなことに、すっかり美しい形に戻《もど》って、落ちています。光はその狐の人形を拾いあげ、お社に供えました。そのとき、このまえ会ったあのなつかしい童子《わらしこ》は、自分の中にすんでいた心《こころ》の影法師《かげぼうし》だったかもしれない、と光には思えたのです。そしてもう二度と会うことはない、という気がしました。

光が顔をあげると、五人の姿《すがた》は、どこにもありませんでした。そしてその眼に、まるで時《とき》の透《す》き間《ま》に消えてゆくように、白い尾が宙《ちゅう》をけってゆくのが見えました。そのとき光は、さわやかでたくましい少年になり、足うらの印《しるし》もすっかり消えていたのです。

［おわり］

春の海

少年とバイオリン

【登場者】

純　バイオリンを奏でる中学生

女性　優子さん（純が名付ける）元劇団の女優

殿様と姫君　純の夢に登場

◇純の叔母

◇劇団の幹部男性

そこは海の入り江が見える丘です。その頂《いただき》には梅ノ木があり、丘のなだらかな斜面には菜《な》の花が一面に咲いています。ここの風景《ふうけい》を純《じゅん》はとても気に入っています。もう戦後十数年経った頃で、ここは九州の北西の海の近くです。

中学生の純は、この梅ノ木の肌を撫でながら話しかけるのがいつの間にか習わしになっていました。考えごとがある時は、ここに来れば、老いて知恵を貯《たく》わえた翁《おきな》のような木に、なにかしら聞いてもらえるような気がしているのです。

純はバイオリンを取りだし奏《かな》で始めました。しばらく後に学校の記念音楽祭《きねんおんがくさい》が控えており、軽い練習のつもりです。弾《ひ》きながら、ふと幼いときのことを振り返っていました。それは、その頃住んでいた家の近くにあった、大きな樹《き》の思い出です。

…………………………

三年ほど前、純がまだ小学生のときでした。自転車で友だちと遠乗《とおの》りをしたときなど、帰りに一人で立ちよるところがありました。そこは大きなお屋敷《やしき》で、裏門の入り口が石の階段になっていて、疲れたら腰かけて休むのです。昔から住んでいる地主《じぬし》さんの土地で、神様を祀《まつ》った小さな祠《ほこら》もあります。壁の塀の脇には、とても大きな樟《くすのき》がありました。大人の手で二抱えもありそうな幹《みき》で、江戸時代から生きている、有名な大樹《たいじゅ》です。

戦争が終わって十年ほどたちますが、お父さんは戦時中の仕事の無理がたたり、お母さんも純が幼いときにこの世を去り、いまは叔母《おば》さんの家に引きとられています。子供がいないので、わが子のように可愛《かわい》がってもらい、淋しくはありません。

でも音楽が好きだったお母さんは、今だったらいろいろ教えてくれたのかなあ、と思うときもありました。その樟は、そんな純の大切な友だちだったのです。木の肌をさすってみたり、ときには幹に耳をあて、水を吸い上げている音を聞きとったりします。落ち葉をもんで、いい香《かお》りをかいだこともあります。


春休みの日、小学生の早朝《そうちょう》野球に、純は出場することになりました。前の日叔母さんが、「あなたのお父さんも野球が好きで、たしか幼い時のバットがあったはず。家を建てかえるので、庭のトネリコの木を伐ることになり、記念にとおじいさんが、その木で作ってくれたんだよ。」と押入れから出してくれました。

純の守備位置《しゅびいち》は、ライトで六番バッターでした。七回にチャンスは回ってきました。「かっとばせ、かっとばせ。」の声がきこえてきます。でも変《へん》です、その声がバットからも聞こえるような気がしたのです。そのお蔭《かげ》なのか、三遊間へのヒットを打ち、一点を挙げることができました。試合は五対四で負けて、口惜《くや》しさは残りましたが、相手は強豪校《きょうごうこう》なので仕方がない、と納得《なっとく》しました。

帰りに皆と別れたあと、純はお屋敷の樟《くすのき》の大樹《たいじゅ》のところに、立ち寄りました。長い冬もおわり、緑の葉をそよがせ、心地《ここち》よい春風が吹いています。木蔭《こかげ》でほっとひと息いれているとき、後ろから声をかけられました。ふり返ると、若い女性が、微笑《ほほえ》んでいました。

「時々ここに来ているのね、ぼくのお気に入りのところかな。」

「ぼくはこの木が好きなんだ。いつも緑の葉っぱが一杯繁《しげ》っていて、ここに来れば元気になるんだよ。」

「木はあなたを元気づけてくれる。それは木が生きているからよ。君と同じように成長し、もし形《かたち》が変わっても生き続ける。君の身の回りの机も椅子も、そこの木の祠《ほこら》だって、ひっそり息をしている。いのちをもって生きているのですよ。」

「そういえば、このあいだ野球のとき、木のバットに、話しかけられたような気がしたよ。でもそんなことはないよね。やっぱりぼくの気のせいだ。」

「その木のいのちが、君の心に話しかけ、本当に聞こえたのかも知れないわ。」

「お父さんやお母さんのことを思い出すのも、二人のいのちが、生きて残っているせいなんだ。」

「そうか君はご両親《りょうしん》がいないのね。だけど二人は、君の心の中に息づいている。生まれたいのちは、姿《すがた》は変わっても、ずっと生き続けているのですよ。」
そうかなあ、と純が考えている間に、その女性は、いつのまにか消えていました。そのあと、またお話を聞けるかなと思って、何回かそこへ行きました。だが会うことはありませんでした。やがて家が引越《ひっこ》しすることになり、そのことはもう忘れかけていました。

……………………………

バイオリンの練習のとき、なぜかそんな小学生のときのことを思いだした、そのせいでしょうか。同じ日の夜に、純は不思議《ふしぎ》な夢をみました。
青葉の繁《しげ》る大きな樟《くすのき》の前に、大昔の姿をした殿様と姫君がいます。木の幹《みき》には大きな洞《ほら》、その横に泉、後ろには、青い海の入り江が広がっています。

姫　君　わたしは、この入り江に立つ木の精《せい》。千年も生きたので、人の心が芽生え、この泉のほとりであなたさまを見て、一目で恋《こい》するようになったのでございます。
殿　様　初めて会ったとき、そなたはこの泉から清水《しみず》を汲んで、捧《ささ》げてくれた。余は喉《のど》をうるおし、礼にこの国でまだ珍しい、菜《な》の花を摘んで渡した。懐《なつ》かしい想い出よ。

姫君　思いはつのり、せめて十年の間でも人になりたく、神様へお願いし、わが身を断《た》ち切り、この世の姫となりました。そしてあなたさまに仕えることとなりました。

殿様　たち切った幹《みき》で舟をつくり、朝夕入り江を行き来し、この清水《しみず》を供えてくれた。舟は枯れた野原をゆくように速く走り、世の人は「枯《か》ら野の舟」と呼んだ。

姫君　そして妻《つま》となった嬉《うれ》しさ。み子さえ生まれました。だが月日は瞬《また》く間に過ぎ、いよいよ神様と約束の日がまいりました。これよりお別れしなければならないのです。

殿様　せめてみ子が元服《げんぷく》（おとなになる式）するまでは、と神へ願ったのだ。だがいかにしても許していただけない、いまは胸が張《は》り裂《さ》ける思い。

姫君　神様との約束を、破ることはできません。枝と青葉が繁り、生きかえった木に、私のいのちは帰ります。心残りはみ子のこと、諦《あきら》められぬこの辛い思い。

殿様　み子は、国を治めるのにふさわしい、たくましく心広いものに育てよう。だが、忘れ得《え》ぬそなたの声は、この世ではもう二度と聞けぬ。余には、充《み》たされぬ侘《わび》しい日々が、続こうぞ。

姫君　枯ら野の舟は破《や》れ年老いました。その舟を焼き、海水から炊《た》いた塩で、残った木を清めるのです。そしてその木で琴《こと》をつくり、弦《げん》の糸を私と思い、弾《ひ》いて下さいませ。七つの里まで響く楽《がく》の音《ね》、お治めになる国は、きっと穏《おだ》やかになりましょう。それは私のいのちの声なのです。お名残《なご》り惜《お》しゅう、お別れでございます。

姫君は手のひらで顔をおおって、木の洞《ほら》のなかに消えてゆきました。そしてその夢のなかで、その姫君には純が知らないはずのお母さんの顔が重なっていました。

（参考　古事記・日本書紀・風土記の「枯野船説話」）

……………………

その朝、純の目に映るものは、みないのちの光に耀《かがや》き、生きる力に溢《あふ》れていました。この世に生れたもの、それはどんなに姿《すがた》が変わろうと、消えようと、そのいのちは伝えられてゆくのだ。夢のなかの琴、そして旋律《せんりつ》が浮かんできたのです。

それは「春の海」でした。元々は箏《そう》（琴）と尺八の二重奏の曲（宮城道雄作曲）をバイオリンに編曲《へんきょく》したものです。むずかしい曲だが、こどもなりにこの曲に挑戦《ちょうせん》してみようと心に決めました。

純は大きな木の下で、バイオリンを奏《かな》でていました。波音が琴の音のように、その耳に響いているようです。

楽の音は、菜《な》の花を一面にそよがせ、のどかな春の海にみちてゆきます。それは海辺の岩のような、力強い少年の姿でした。そして音楽祭では、あの幼い頃の思い出や、夢でみた琴への思いをこめて、演奏《えんそう》をしよう、そう心に決めて、胸をふくらませていました。

演奏会の日、晴れの舞台《ぶたい》から、若々しいバイオリンの響きが聞こえてきます。純の弓を弾《ひ》く手に、いのちの生きる力がつたわり、聴《き》いている人たちの心は、揺《ゆ》り動かされているのです。

純の胸には、姫君、あの女性、母の姿が一つになり、それは、春の光のような微笑《ほほえ》みを浮かべていました。

…………………………

演奏会《えんそうかい》の翌日、純は海の入り江の見える丘に佇《たたず》んでいました。そこの年老いた梅ノ木は、小学生の時の大きな樟《くすのき》とはまた別の気持ちで、純の心をいたわってくれます。そして無事「春の海」が弾《ひ》けたことを告げました。老木は良かったねというように、身にまとった緑の葉をそよがせてくれます。

そのとき、丘の坂道を上ってくる人影があります。和服《わふく》の女性のようです。少し息を切らしたその方を見て、純は目をみはりました。あの時の人だったのです。少しやつれたような気もしますが、やはりそうです。

その方は微笑《ほほえ》みを浮かべて、

「吃驚《びっくり》したようね、三年ぶりかな。元気なようね、すっかり大きくなって。」

純は、突然《とつぜん》のことで硬《かた》くなり、少し口ごもりながら、

「うん、おばさんは。」といって慌てて、「お姉さんは。」と言い直して、

「どこへ行ったのかと思ってた。またここで会えるなんて思ってもいなかった。」

その女性は笑いながら、

「おばさんでいいのよ、三十歳過ぎたのだから。それよりあなたの演奏会良かったわ。近くの人が教えてくれて聴《き》きに行ったのよ。」

いくらか緊張《きんちょう》がとけて、

「ありがとう。下手《へた》なバイオリン聴《き》いてくれて。どうしてここに。」と純は聞きました。

女性は散歩でここに来たのだが、まさか純がここにいるとは思っていなかった。また三年前に会ったときは、たまたまあの町の病院に行ったときだったそうな。そして、

「何かしらぼくとは縁《えん》があるみたいね。」とも言ってくれました。純は嬉《うれ》しくなって、弾《ひ》いた曲のことや、また当日の演奏会のときの様子など話しました。

女性は梅ノ木の枝を撫《な》でながら、

「今日は楽しかったわ。用があるのでこれでお別れよ。でもしばらくここにいるので。また会えるわ。今学校は春休みなの。」

純がうなずくと、また会う約束をして、女性は坂を下って行きました。後姿《うしろすがた》も、心なしか前会った時よりいくらか痩《や》せているように見えました。

そのあと純は、叔母《おば》さんが知り合いと噂話《うわさばなし》をしていたのを漏《も》れ聞きました。どうやらこの前の女性のことのようでした。それによると、今は没落《ぼつらく》したが、元は地元の名家《めいか》の出で、劇団《げきだん》の女優《じょゆう》をしていたが、心身《しんしん》の不調《ふちょう》でこちらへ帰ってきているとのことでした。

そういえば、身のこなしやあの言葉遣《づか》いなど、洗練《せんれん》されていてなるほどと思い、その職業《しょくぎょう》やイメージから、勝手《かって》に内心で優子《ゆうこ》さんと名付けて、そう呼ぶことにしました。でもその人と会ったと叔母さんに言うのは、なぜか気が進《すす》まなかったのです。

……………………

数日後、純はまた丘の上にゆきました。優子さんは待っていたようで、じっと海の方を見つめていました。

「今日はここを下りて、入り江のほうに行ってみない。」と誘《さそ》ってくれたので丘を下りました。春の波打ちぎわは穏《おだ》やかで、つながれた小舟が満《み》ち潮《しお》に揺《ゆ》られていました。

「ここに座りましょうよ。」と言われて、二人は舟のへりに腰掛け、純は学校のことなどお話をしました。優子さんは「昔を思い出すわ。」と言いながら楽しそうに聞いていました。その時舟のわきに小さな流木《りゅうぼく》が漂《ただよ》ってきました。純が拾い上げると、優子さんが東北に伝わっている、雁風呂《がんぶろ》というお話をしてくれました。

雁は秋に渡ってくる途中、海の上で羽を休めた木の枝を、浜辺に置いておく。春にはそれを咥《くわ》えて北の大陸《たいりく》に帰る。だけどその時そのまま残っているのは、帰れずに死んだ雁のもの。哀《あわ》れに思う人が、それを薪《たきぎ》にして風呂を沸《わ》かし皆にふるまって、雁の供養《くよう》（とむらう）をしたそうな。話の内容のせいか、優子さんの横顔《よこがお》は、なにか少し寂《さび》しそうな感じもしました。

別れるとき優子さんは、いつ会えるか分かるように、前の日にこの梅ノ木の枝に五色《ごしき》の糸を結んでおく。これは七夕《たなばた》の時に願いが叶《かな》うためのものと教えてくれました。

また笑いながら、こんなことも言いました。

「お互い名前は教えないことにしましょう。なぜって、親しくなればなるほど苦しくなってくることもあるのよ。二人とも名なしのごんべえかな。」

純は内緒《ないしょ》で優子さんと名前をつけているので、そうだ、それでもいいや、と頷《うなず》きました。

その日はそれで家に帰りました。叔母《おば》さんから、今日はお母さんのご命日《めいにち》だからと言われて、純はご仏壇《ぶつだん》の前に座っていました。手を合わせたその時です。家が揺れ地震《じしん》が来てしばらくして収まりました。また座り直したとき、その下から封筒《ふうとう》のようなものがちらと見えました。

何だろうと思って、中のものを取り出しました。中学生の純は初めて見る戸籍原本《こせきげんぽん》（家族証明の役所文書）でした。それによれば驚くことに兄があり生後《せいご》間もなく死亡しています。初めて知ることでした。そして純はその直後《ちょくご》に生まれたことになっています。さらにもう一枚写真があり、印紙がこすれて顔がぼやけていますが、沢山《たくさん》の人に囲まれて、母と思われる女性に抱《だ》かれた純が写っています。

見えない所なので、何か事情《じじょう》があるのかと思い、元のように封筒をしまって、叔母さんにはあえて聞きませんでした。これで困ることもないので、大人《おとな》の世界に立ち入ることはしません。育った環境《かんきょう》のせいか、純はそんな性格《せいかく》なのです。

丘にきたら約束通り、五色《ごしき》の糸が結んであり、翌日そこへ行きました。優子さんは待ってくれていました。

純は〝生まれたいのちは、姿《すがた》は変わっても、ずっと生き続けているのですよ〟と小学生の時の言葉を思い出し、その夜あの樟《くすのき》の不思議《ふしぎ》な夢をみて、「春の海」を演奏《えんそう》することにしたことを報告しました。

優子さんは楽しそうに話を聞いてくれて、

「その生まれたいのちをつなぐものは、〝慕《した》い愛する〟という気持ちだと思うよ。」と言い、とびうめの伝説《でんせつ》の話をしてくれました。

それは平安時代の大臣菅原道真《すがわらのみちざね》公は、京からここ筑紫《つくし》の大宰府《だざいふ》に左遷《させん》（遠くにやられる）されたが、家にあるとき公に愛された三つの木のうち、桜は悲しみのあまり葉を落とし枯《か》れてしまい、松は来る途中で力尽《つ》きそこに根を下ろした、だけど歌に詠まれた梅ノ木は、公を想う一念で京から太宰府まで飛んできたそうな。もっともこの前話したように雁が咥《くわ》えて運んでくれた、と勝手に話をふくらませた方が、夢があるかもと付け加えた。

「ぼくの亡くなったお母さんを慕《した》う気持ちは分かる。聞いてあげるから、〝お母さん〟と海に向かって叫んでごらん。」

優子さんの演《えん》じた舞台《ぶたい》でお母さんと言う科白《せりふ》があり、気持をどう込めるか難しかったけれど、ようやく言えるようになったそうです。

純はすこし恥《は》ずかしかったけれど、海風に負けることなく〝お母さん〟と力一杯叫びました。優子さんはもう一度もう一度と言わせて、叫ぶうちに、純の眼は少し涙で霞《かす》んでいました。優子さんの目も少し潤《うる》んでいるようでした。

「波の音を聞きたくなったわ、いま満《み》ち潮《しお》かな。」と誘《さそ》われて、ふたりは入り江に下りてゆきました。

……………………………

そのとき、男の人がこちらへ来るのが見えました。純は知らない人でしたが、どうやら優子さんに会いに来たようです。

二人はしばらくと挨拶《あいさつ》を交わしたので、純は別れを告げましたが、船小屋《ふなごや》のわきを通りかかって、この前一人で来た時この中に忘れ物をしたことを、思い出しました。出ようとしたのですが、声が聞こえたので、盗《ぬす》み聞きするつもりはありませんが、何となく小屋の中にとどまりました。

男性は某劇団《げきだん》の幹部《かんぶ》で、女性（優子さん）にそこに戻ってくれるよう申し出た。そして二人の話のあらましはこんなことであった。

女性はこの前の戦時中に請《こ》われてA国の劇団に客演《きゃくえん》していた。そして、戦争が終わって、その国は新しい国造《くにづく》りにかかり、志《こころざし》を持った劇団が結成されたが、現地《げんち》の言葉を理解でき、演出《えんしゅつ》にも詳《くわ》しい彼女にも、加わってくれるよう、求められた。

大半の人は第一次の引き揚げ船で帰国したが、今までの経緯《けいい》もあり、また世話になった恩義《おんぎ》もあり、とりあえず残り、願いに応えることにした。そこまでは、あらまし皆が分かっていたが、その他意外《いがい》なことを女性は初めて打ち明けた。

実はそのA国の劇団に、天から与えられたような使命感《しめいかん》を持つ素晴《すば》らしい方がいた。女性は、その方を一人の人間として尊敬《そんけい》し、共に仕事をし励《はげ》ましあっているうち、二人の間に愛が芽生《めば》えそして結ばれた。だが悲しいことに、その方は無理がたたり、病《やまい》を得て、癒《い》やすいとまもなくこの世を去ってしまった。

女性はこころに痛手《いたで》を抱えて過ごすうち、旅先にある大きな湖《みずうみ》にきて、羽を休めている渡り鳥をみた。その時故国《ここく》（日本）から来た手紙に、ある詩*が記してあった。それは、戦争に負けてシベリアに抑留《よくりゅう》されている日本の兵士が、渡ってきた鶴の足に、越後《えちご》（新潟）の白い織糸《おりいと》が絡《から》まっているのを見付けて、その故郷に思いを寄せる、痛切《つうせつ》な詩であった。

（*『鳴海英吉全詩集』「糸」本多企画）

渡り鳥を見てまたその詩を読んで気持ちが揺れた女性は、初めて帰郷《ききょう》する心が芽生《めば》えた。そして、そのあとの引き揚げ船で帰国することにした。

だがそこで女性は口ごもり、その後思い切った様子で告白《こくはく》した。じつは結婚した男性の子を身ごもり、間もなく生まれる予定になっていた。だが女性は胸の病《やまい》にかかっており、船中で出産《しゅっさん》したが、育てる力はなく絶望的《ぜつぼうてき》であった。

そして子供を亡くした夫婦に預《あず》け、幸い船中に医者がいたので、その夫婦の子供として、本当はいけないことだが、出生証明《しゅっしょうしょうめい》を記してもらった。女性は告白したあと無言《むごん》で辛い思いを、心のなかでしばらく噛《か》みしめていた。そしてまた、思いがけないことをそのとき告げた。

今年A国のかつての劇団仲間から便りがあり、国造りも落ち着いたので、これから新しい展望《てんぼう》のもとに、劇を創《つく》り上げてゆきたい。ついては、他国の方ではあるが、ここでキャリアを持つ女性にまた戻ってきてもらいたい、そんな申し出があった。

そこで、男性からのせっかくの申し出だが、体調《たいちょう》も回復したので、A国の希望に応じたい。以上が女性の意向《いこう》であった。男性は、思いがけない女性の告白に言葉が出ず、とりあえずは、申し出を保留《ほりゅう》せざるを得なかった。

純は小屋で、二人の話を少ししか聞くことができなかったので、その話の内容はともかく、とにかくこれからも会えればいいな、と思う程度《ていど》だった。

……………………………………

それからしばらくは、五色の糸は結ばれていませんでした。だが一ヶ月ほどして、ようやく糸があったのです。純はこの日は愛用のバイオリンを携《たずさ》えて、丘に上ってゆきました。優子さんは待っていました。こころなしか少し淋《さび》しそうだったのです。

純はこの前しばらく小屋にいたこと、そして優子さんになにか込《こ》み入った事情《じじょう》がありそうだと思っていたが、黙っていました。その代わり、慰めるような気持で、「春の海」を弾き始めました。

春も深まり、梅ノ木も枝いっぱいに緑の葉をつけ、音色に彩《いろどり》をつけてくれるようでした。演奏《えんそう》が終わり、「ありがとう」と優子さんが言いながら、バイオリンの胴《どう》をそっと撫《な》でます。

そのとき、羽音がして空を仰ぎ雁が渡ってゆくのが見えました。そして気のせいか雁の声が聞こえるような気がしました。優子さんは「渡り鳥……この梅ノ木の先祖《せんぞ》も、昔あちらの国から渡ってきた。」と呟《つぶや》き、それは夢見るような眼差《まなざ》しでした。（原産中国から渡来）

そして「また入り江に行ってみましょう。いま引《ひ》き潮《しお》かな。」と純を誘《さそ》って、ふたりは海辺に下りてゆきました。優子さんが言っていたように引き潮で、小舟が海の向こうに曳《ひ》かれるように、ゆらゆらと揺《ゆ》れていました。

「もう一度お願い、ぼくの音を聞きたい。」優子さんの言葉で、純は弓を取りました。その時、舟が揺れ、純のシャツの袖《そで》がめくれました。「ちょっと待って。」と言って、優子さんが純の腕をとりました。優子さんの顔が、青ざめていました。

「ぼくのこの黒子《ほくろ》は前からあるの。」純の腕には少し大きめのそれがありました。

「叔母さんが言っていたけど、生まれつきあるようだよ。」どうしてこんなことを聞くのかなと思いながら答えました。そしてふたたび弾《ひ》き始めました。優子さんは青ざめた顔を両手で被《おお》っていました。

「ぼくの演奏が、あまり素晴《すば》らしいから、この通り胸に迫って泣いちゃったわ。」涙に濡《ぬ》れた眼で、じっと純を見つめていました。そして

「この前とおなじように、お願い〝お母さん〟と呼んで。今日はわたしもあなたといっしょに呼ぶわ。」二人は海に向かって

「お母さん。」と叫びました。その声は遠い遠い海の彼方《かなた》から呼ぶ声に応えるかのようでした。

優子さんはもう泣いていませんでした。そして純の腕をしっかと握《にぎ》り、「生きるのよ。」それだけ言って、振り返らず丘から去ってゆきました。梅ノ木の枝には、二度と五色の糸が結ばれることはありませんでした。

もう春も尽《つ》きようとしています、新緑の季節も間近です。丘の上の遠い空には、大陸に帰る最後の名残《なご》りの雁の列があり、純はそのとき、伝説《でんせつ》ですが、雁たちが携《たずさ》えた木の枝を波静かな春の海に浮かべ、旅路《たびじ》に安らぐさまを思い描いていました。

そして弓をとり優子さんから、いのちをつないでゆくものは、〝慕《した》い愛する〟という気持ちだといわれたことを思い浮かべながら、弦を奏《かな》で、祈るように音を紡《つむ》ぎました。梅ノ木も、その調べに老いを忘れた様に、枝一杯に青々と葉が繁り、いのちを謳歌《おうか》しています。

純にとっては、忘れがたいこの春の出来事でした。でもこのことは、かけがえのない思い出として、自分ひとりの胸にしまっておこうと決めました。

その夜のこと、純は、丘のふもとの海辺で、小舟に乗った優子さんが、波静かな引き潮とともに、晩春の海の彼方《かなた》に消えてゆく夢を見ていました。

［おわり］

鼻高《はなたか》先生

金銀の眼

【登場者】

翁　　　　　　　　　　語り手　小学生時代の回想　のち教師
ホラ吉　　　　　　　　その同級生　のち教師
おこんばあさん　　　　猫を飼う老女　もと異国で働く
鼻高先生（あだ名）　　小学校教師　おこんの子息
その他　　　　　　　　語り手の少年時の母

◇原作は『譚詩劇 女鳥 岡山晴彦戯曲作品集』に掲載の「金銀の眼」（２０１６　ふらんす堂）。

みなのしゅう、この翁《おきな》のものがたりなぞ、少々ふるくさいかもしれぬが、あくびもせずにきいてくれるかの。

このわしがまだ十歳ほどの子供のころよ、近くの山に、おこんばあさんというのが、住んでおってのう。いや山姥《やまんば》(奥山に住む鬼女)じゃないぞよ。れっきとしたおばばじゃ。そうはいうても、その頃はずいぶん年にみえたが、今考えれば五十くらいだったかもしれんな。

そのばあさんはな、猫を何匹も飼《か》っており、口さがない(口うるさい)連中は、あれは、猫遣《づか》いのばばあというておった。いやなに化《ば》け猫ではのうて、れっきとした泥棒猫《どろぼうねこ》よ。そいつが悪さをするんじゃ。知らん間に台所に入ってきて、食い物を盗《ぬす》んで行く。うちの母ちゃがいつも怒ってよ、皆も目の敵《かたき》にしておった。

いつだったかのう、村の寄合《よりあい》(集まり)に、町から求めてきた鰹《かつお》が出された。生鰹《なまがつお》だぞ。ここら辺りは、海から遠うて、十年に一度程しか食えん大変なご馳走《ちそう》よ。そんときじゃ、あの猫たちが何匹も入って来て、食らいつくのよ。戸口の突《つ》っかい棒《ぼう》をもって追い回すんだが、そのはしっこいこと、とうても打てん。

その中に、器量《きりょう》のいい(きれいな)三毛《みけ》がおって、それそれ金銀の眼というのがいるだろう。あれは頭が良いのかのう。顔に似合わず悪知恵《わるぢえ》の働く奴で、おのれが取るふりをしてさっと逃げて、その隙に仲間の猫に肝心《かんじん》の魚を取らせるんじゃ。あれはきっとばあさんに、盗んだ魚を土産《みやげ》に持って帰るんだろ、と噂《うわさ》しておった。
あんまり悪さが過ぎるんで、法螺《ほら》貝のように声が大きうて、ホラ吉というあだ名のがき大将がおってな、そいつが言い出して、ひとつあの猫どもを捕《つか》まえて、こらしめてやろうではないかという話になった。

そいで、手始めにみんなでおこんばあさんの家に、探りに行ったんよ。なにしろ古い家じゃ。崖《がけ》の下にあって、草のぼうぼう茂った平らな屋根に、猫どもが数匹昼寝《ひるね》をしていた。外の窓からのぞくと、それはなんと怪しげな光景《こうけい》じゃった。
ばあさんはあの三毛をふところに抱《だ》いて、何やらうっとりした顔をして唄《うた》をうたっておった。それは、妙な唄だったのう。

カン　カン　鐘《かね》が鳴る
新月《しんげつ》の夜
おしのも　おかんも　闇《やみ》のなか
それから舟じゃ　底のくらやみじゃ
口紅つけて　頰紅《ほおべに》つけて

おあとは知らぬ　どこぞえな
知らぬ　どこぞえな

わしらは何のことか分からぬが、調子《ちょうし》がええので合わせて、つい足踏《あしぶ》みしてしもた。気が付いたのかしらん、ばあさんはこちらを向いたが、そのとき笑うたような口元に、金色《きんいろ》のものが見えたのを覚《おぼ》えとる。

話が逸《そ》れたのう。ホラ吉は、あれで中々頭の切れるやつでな。今度の村の寄合の日に、あの猫たちがまた現れるんではなかろうかと、マタタビ（猫の好きな植物）を用意したのよ。そうしたら、来るわ来るわ。物陰《ものかげ》で見ておるとのう、皆が食らいついて、狂いだしたんよ。何もせんでおるのは、あの三毛《みけ》だけじゃ。他の猫たちは、われらが現れようが、見向きもせずに、それに夢中になっておる。三毛が止めさせようとするが、狂っておるので、言うことを聞かぬ。頃合いを見て網をかぶせ、一網打尽《いちもうだじん》（みんな捕《と》らえる）にしてしもうた。

捕まえてみたものの、さてどうする。殺生《せっしょう》（いのちをとる）すると化け猫になるぞよ、と言う者もいて、始末《しまつ》に困ってしもうた。そのときわしは、はたと思いついた。こいつらは魚が欲しいんだから、そうすればいい。

この村から町へでる途中に、大沼がある。そこに放《ほう》ってやろう。猫だって泳げるだろうから、腹一杯になるまで魚を捕《と》らまえて、食らえばよかろう。仲間も、いのちをとるのは嫌《いや》だから賛成《さんせい》だ。なに猫たちが溺《おぼ》れてお陀仏《だぶつ》（死んでしまう）になるのは、内心では分かっておったのよ。

ホラ吉を先頭に、袋担《かつ》いで沼に行ったぞよ。この近くに住んでいるのがいて、そいつの手引きで棹《さお》で小舟を操《あやつ》って、沼の中ほどまでいった。そしたら何本も竹が刺してあるところがあって、そこから先に入ってゆくのは、世の人は控えているということだった。

そのわけは、誰も知らんかった。この場所で、ホラ吉たちと、猫をいっぴーき、にひーきと、放り込んでやった。気持ち悪いんで、目つぶってやってな、あと見ずに、急いで帰って来たぞよ。あと猫たちがどうなったか、わしゃ知らん。

その少し後、わしはおこんばあさんのことが、気になってのう。今思えば、猫捨てのやましい（うしろめたい）気持ちがあったんだろ。それにあのふところに抱かれた三毛《みけ》のことも、妙に気になったのよ。いやなに子供のことだ、母ちゃの胸にすがっていたおのれのことでも、思い出したんかも知れんな。

ホラ吉を誘《さそ》って二度目に、ばあさんのあの家へ行ったんじゃ。そうとあの窓からのぞいたら、肝《きも》つぶしたぞよ。あの三毛が傍に侍《はべ》っておって、まわりに猫たちもいる。びっくりして腰を抜かしそうになった。物音に気がついて、ばあさんがやってきた。わしら恐ろしゅうて、そのまま動けんかった。

おこんばあさんは、にっと笑って、

「ぼんたちはどこから来たんや。」と言うた。存外やさしい声じゃった。「この下の谷のあたりじゃ。」と教えると、

「ああそうか、あの寄合《よりあい》の家の近くじゃな。」と知っているようだった。

わしらは、捨てた猫がここにいるのが、ふしぎでならんかった。「何であの猫が、ここに戻っているんじゃ。」とホラ吉が聞いた。

「ああれか、お前らが悪さをした猫のことか。うちの奴らは化《ば》け猫じゃて。」とばあさんは笑ってこたえた。二人が気味悪《きみわる》がるのを見て、

「悪さをするわりには、恐《こわ》がりなやつらや。実はな、大沼のあの竹の目印《めじるし》の先には、浮草《うきくさ》の小さな島があるのじゃ。三毛はいつもわれと沼に来るんで、そのことを知っており、皆をそこへ連れて行った。そのすぐあと、われも訳《わけ》があってあそこへ行ったんで、猫たちを助け出したんよ。まったく、お前らの悪さにも困ったもんじゃ。」

こちらの安心した様子を見て、ばあさんは、

「あはは。」と笑った。その口元から金色の歯がちらと見えて、この前もそうだが、改めてなんじゃろうと思った。あとで金歯《きんば》というのがあるのを知った。

そいでわしも、少し気が楽になって、

「おばちゃが、この前唄うとったのは、あれはなんじゃ。」とこの前から気になっていた唄のことを、聞いてみた。ばあさんは、ややためろうていたが、

「お前ら、この家をのぞいとったな。子供たちには、あんまり聞かせたくもない唄だが。誰にも言わんと約束《やくそく》じゃぞ。」

わけも分からず、わしらがうなずくと、

「あれはのう、われがまだ西国《さいごく》の島に住んでおった、小娘《こむすめ》のときよ。そこで恐ろしやのう、年一回、人集めの連中《れんちゅう》が来るんじゃ。カンカンカン、知らせる鐘《かね》の音、身がすくむ音だぞよ。貧しうて食えぬ家に、それは来るんじゃ。そして子守《こもり》や女中や工員、はては飲食などの客商売《きゃくしょうばい》やなんぞ、働き口を探しとる娘《あま》っ子が、港の船に乗せられて船底《ふなぞこ》に置かれる。そんなときの唄じゃぞえ。」

わしは昔、人さらいというのがいたというのは、聞いたことがあるので、

「今でもそんなことは、あるのかや。」と訊《たず》ねると、

「今の世は、豊かになり、取り締《しま》りもきびしゅうて、そんなことはない。その頃日本は

まだ貧《まず》しうてその上子沢山《こだくさん》で、そんな家の娘はしかたなく稼《かせ》ぎのいいところに、異国《いこく》も含めて奉公《ほうこう》（はたらき）に出されたんじゃ。」と言う。

「そいで、おばちゃはどうなんじゃ。」とホラ吉がきくと、

「われもそうじゃ、南の異国《いこく》の地に連れられていき、まずお金持ちの家で下働《したばたら》きをして、その後いろんな仕事をしてきたのじゃ。」と遠くの方を見る目になった。気のせいか涙ぐんでるようでもあった。こちらもすこしさびしうなって、

「いろんな仕事て、どんなことをしてきたんじゃ。」ときいてみた。

「ぼんたちは、そんなことは知らんでもいい。」とばあさんは少しきびしい口調《くちょう》になった。

更にまたひとつ、気になっていることを聞いてみた。

「おばちゃは、なんで猫のことを、あんなに大事《だいじ》にするかいの。」

おこんばあさんは、昔を思い出すように、

「それはな、今働きに行かされたことは、話したろ。そこでこんなわれでも、好きな人ができたんじゃ。そしてそのお方の子を、しんから欲《ほ》しいと思うた。そのとき、われの部屋に前に住んでおった女の人が、中々の読書家《どくしょか》でのう。残してあった本の中に、源氏物《げんじもの》語《がたり》というのがあった。今のことばで書かれた読み物になっており、嫌《きら》いではないんで、拾

い読みした。」

そんでばあさん、少しばかり嬉《うれ》しそうに、

「そこの柏木《かしわぎ》という貴公子《きこうし》（身分の高い若者）の話の中に、こどもが生まれるとき、獣《けもの》の、この物語では猫だが、夢を見るとあった。そいでな、ほんとに猫の夢を見たぞよ。ほいだらそれは正夢《まさゆめ》で、その人と結婚して子を授《さず》かったのじゃ。柏木さんは困ったろうが、われは悦《よろこ》んだ。男の子でのう。ただ客商売のこととて、雇《やと》い主にはとくに願うて、生ませてもらい、人一倍働いてな、その子を育てたんよ。それゆえ、猫殿を恩人と思うて、大切にしとるんじゃ。戦争に負けて、日本に帰るときも、もちろん子供は連れて帰った。その子はいま立派《りっぱ》に、世間《せけん》の役に立つ仕事についとるぞよ。」

そのとき、三毛《みけ》が甘えた鳴き声で、ばあさんにすり寄って来たんじゃ。「ああよし、よし、お腹《なか》が空《す》いたのかのう。」と言うて、そこにあった哺乳瓶《ほにゅうびん》を手にとった。

「この子は、小さいときに捨てられ、かわいそうなんで拾うてきた。たまにはこれで乳を飲ませることもあるぞよ。」

わしら、びっくりして見つめとると、ばあさんは、

「ぼんたちも、母ちゃんの乳の出がわるくなると、牛の乳をもらうだろ。同じことじゃ。おまけにそんな恩人の牛を殺して、肉にして食べる。人間も相当に恩知らずだのう。そう

そう西洋には、狼の乳に育てられて、偉《えら》い人になった話（ローマ神話）もあるぞよ。」と今度は笑うて言う。そいで冗談《じょうだん》めかし、

「あんたたちもお乳が欲しいかい、ついこの間まで、飲んでいたんだろう。」

ほいなことを言われるんで、何やら、恥ずかしゅうなって、「おれたちはもう帰る。」と告げたら、ばあさんは、

「そうかい、また遊びに来や。昔ぼんたちのような童《わらべ》が、われにもおったぞよ。」と今考えてみたら、ビスケットだったろうな、三枚ずつ懐紙《かいし》（上品な紙）にくるんでくれた。

そいで、二人共家へ帰った。そんときおこんばあさんが、猫を大事《だいじ》にするわけが分かったような気がして、ともかくあれらが生きていて良かったの、と思うた。そして家では、その日のことは黙《だま》っとった。

ほいだら翌日、ポケットに、ビスケットの屑《くず》が残っていたらしく、

「お前ら、どこへいったんか。」と母ちゃに問いつめられたのよ。しょうがないんで、ありのまんま話したら、もう二度と行くんじゃない、とこっぴどう叱られた。どうしてか分からんが、大人だけが知っている事情《じじょう》があるんだろと、そんときは思うた。

それから、半年位後だったかのう。その年はほんま暑さのきつい年でな、夏休みのある

日、子供のこととて、おこんばあさんと猫のことは、すっかり忘れてしもうて、ホラ吉とこの前の大沼に、遊びに行こうということになったんじゃ。

ほいで、彼が上手に棹《さお》を操《あやつ》って、沼に小舟を乗り出した。カンカン照りの日でな、ホラ吉は、パンツ一丁になって飛び込んだ。そいですいすい泳いどったが、よせばええのに、調子《ちょうし》に乗って、例の立ち入らんよう、竹の目印の立ててあったところにはいり込うだ。

しばらく泳いだがなんともないんで、安心して舟に戻ろうとしたとたん、沼藻《ぬまも》に足が絡《から》んで、動けなくなったんじゃ。

もがけばもがくほど、足に巻きついて、アップアップしておる。あわてて、舟をそちらへ持って行こうとしたが、わしは棹が操れず近づけん。

そんときじゃ、別の舟が寄せてくる。驚いたことに、そこにおこんばあさんが乗っておって、例の金銀の眼の三毛《みけ》が、綱を首にかけて泳いで来た。そいでホラ吉を綱につかまらせて、ようよう舟に引き上げることができたんよ。

なんで、ばあさんがここにいたんだか、後になって知ったんじゃ。その生まれは、遠い西国《さいごく》の島だが、母親がこの村の出で、昔この沼に身を投げた娘さんの一族《いちぞく》だった。そいでな、そのたましいを鎮《しず》めるために、命日にお供物《くもつ》（そなえもの）など上げに来るそうなんだ。

そんなことは知らんで、助けてもろうたばかりに、わしらもすっかり、ばあさんと三毛に頭が上がらんように、なってしもうた。

夏休み明け、小学校の担任の先生が、その話をどこから聞いたんか、わしとホラ吉に、鼻をうごめかし、ちいとむずかしい顔で、村に伝えられた話をしてくれたんじゃ。先生は色は浅黒いがの、鼻高く異人《いじん》さんのような顔をしていたので、皆でこっそり、鼻高《はなたか》さんとあだ名をつけておったんよ。

その言い伝えというんは、

「昔この村に、身の丈《たけ》よりも長い豊《ゆた》かな黒髪《くろかみ》の、美しい娘がおったんだとよ。そいでたまたま、沼のほとりで髪を洗うとるとき、通りかかった殿様《とのさま》の目に留まり、出仕《しゅっし》（つかえる）するよう村の名主《なぬし》（村長）が仰せつかった。ところが娘には、言い交《かわ》した若者がおって、再三の呼び出しに断るが叶《かな》わんかった。二人は思い余って、とうとうこの沼に身を投げたんだと。そんときから、その身を投げたところに、黒髪のごと藻《も》が生い茂った。それより村人は、その魂《たましい》を鎮《しず》めようと、そこに立ち入らんようにした。」

おおよそそんな話だったけげに、わしもホラ吉も神妙《しんみょう》な顔をして、聞いたぞよ。

やがてわしは、おこんばあさんが、伝説《でんせつ》の美しい娘さんの子孫《しそん》だと知ってから、その話をもっと聞きとうなって、ひとりでその家に行ったんよ。それは月夜の晩じゃ。母ちゃんにはないしょだったぞよ。

この前と同じように、家の中をのぞいたら、たまげたのなんの、ばあさんが派手な花柄のスカートをはいて、目に見えぬ相手がいるように、一人で踊《おど》っとる、なんか外国の映画に出てきそうな場面じゃった。そいでまたあの唄を口《くち》ずさんどったが、それはなんかうら淋しうて、そぐわんかった。この前とまたちごうて、奇怪《きっかい》だったのう。

それでも、しばし見とれとると、ばあさんは、はげしく咳《せ》き込んで、口を押え座り込んでしもうた。そいで口元からなにかを吐いた。夜目にすぐ分からんかったが、どうも血のようだった。胸元が鮮血《せんけつ》というのかや、真っ赤に染まったぞよ。三毛《みけ》が心配げに、そばに寄ってその血を舐《な》めとった。

そんとき、誰かが入ってきた。灯りのなかで照らし出されたのは、またまた、それほど驚いたことないぞよ。あの鼻高《はなたか》先生じゃった。なんでこんなところにと、わしは凍《こお》りついたようになった。そんでも、立ち去るわけにもゆかんので、ただ見つめとった。

ばあさんは、手拭《てぬぐ》いで口元を押さえ、やっと収まったようだったが、生々《なま》しい血が、まだ唇《くちびる》にこびりついていた。先生はそばに寄り、その背中をなでて、ちり紙で拭いてやった。

ようやく口が利けるようになったばあさんは、もう大丈夫という風に首を振った。

「だめじゃないか、もっと養生《ようじょう》をしなければ、折角良くなってきたというのに。それに、何でそんな恰好《かっこう》をしているんだ。病気のことを考えて、それらしくしなきゃ。」と先生は眉《まゆ》をひそめて諫《いさ》めた。

そういえば思いなしか、ばあさんはこの前会ったときより、だいぶ痩《や》せたように見えた。

「こんな身なりをして、あんたはいやだろうがな。昔のことを思い出していたんよ。あの頃ほんとにしんどい仕事《しごと》だったが、それでもしあわせになれるはずだった。おつとめの年季《ねんき》（働く約束の期間）も明けて、あんたもいたし、これから、異国《いこく》で三人一緒《いっしょ》に暮らそうと思っとった。なのに、戦争に負けて、とうさんは行方《ゆくえ》知れずになってしもうた。」

しみじみとした口調だったが、思いなおしたように、

「しかたのう引き揚げてきたが、そいでも、あんたが今立派な職業《しょくぎょう》についとるから、かあさんは、なんも言うことはない。いつこの世から、おさらばしてもいいんだよ。」

先生は、ばあさんの前に正座《せいざ》し、改まった口調《くちょう》で、

「こんなありさまでは、いつなにがあるか分からぬ。私も今ひとり身だが、なんとかやりくりして、母さんの面倒《めんどう》は見られるから、家に引き取ろうと思う。」

ばあさんは、うなずきながらも、

「わたしとあんたが親子のことは、誰にも知られておらぬ。共に住んだら、色んな噂《うわさ》の種になろう。母さんが、わけの分からぬ異国帰りなど思われたら、あんたの将来《しょうらい》に、決し

て良いことあるまい。それは論外《ろんがい》（とんでもない）のことだよ。」

それでも先生は、諦《あきら》め切れない様子だったが、ばあさんは念を押すように、

「この胸の病《やま》いは、もう終りに来とると、医者に言われておる。長くても半年の命だそうな。移る菌《きん》ではないんで、共に住んでも大事《だいじ》はない。だが、やはりわたしには、最後《さいご》までここで、三毛たちと暮らすのが、やはり一番幸せというものよ。」

また込み上げそうになり、口元をおさえながら、

「あんたに相談《そうだん》があるんじゃ。今も言うたように、この身はもう長いことない。実は昔異国に住んどったものは、どういう時でも生きられるよう、金《きん》が頼りだった。そいで引き揚《あ》げるとき、大したものではないが、隠《かく》して持ちかえったものがある。」

三毛がひざのうえに乗ったので、あやしながら、

「よしよしお前の眼も金じゃな。わたしもここに住んで、良い思いばかりではないが、ともかく波風もそう無《の》うて過ごさせてもろうた。あんたも世話《せわ》になっておることだしな。実はそんな事もあって、村の長老《ちょうろう》にそれをお金にかえて、学校に寄付《きふ》しようと相談《そうだん》したぞよ。ところが、ひょんなことから、わたしの昔のことを知ってしまったんじゃ。」

少しくやしそうに、唇をかみしめながら、

「そいで、その人はえろう潔癖《けっぺき》なひとで、わたしが異国で苦労して稼《かせ》いだものを、得体《えたい》

の知れぬ金じゃと誤解《ごかい》して、受け取ってくれぬ。あの時代、貧しさから、言うに言われぬ辛い仕事についたものはたんとおる。だがいまさらそんな恨《うら》みごとを言うても、詮《せん》ない（仕方ない）ことじゃ。あんたも立派に成人したし、この命の先も短いゆえ、手元に残しておくこともないぞな。いい知恵《ちえ》はないかの。」

先生は、腕組みしながら、しばらく考えていたが、

「幸い、私と母さんのことは、その人はまだ知らない。私がどこぞの篤志家《とくしか》（公共に尽くす人）から、寄付を受け取ったかたちにしたらどうかの。」

ばあさんは、うなずきながら、

「そうよのう、そうするほかはあるまいの。あんたが取り持ってくれれば、わたしの気持ちも、墓場《はかば》のなかに、気分よう収《おさ》まってくれる、というものじゃ。うまく計《はか》らってくれよな。」

それから雑談《ざつだん》しながら、

「この三毛《みけ》は、人間《にんげん》のことばが分かるぞえ、油断《ゆだん》はならんのよ。いつぞや村の寄合《よりあい》のときの馳走《ちそう》に鰹《かつお》だったかな、いくらかの志《こころざし》を出したんじゃ。そしたらその後の寄付《きふ》の件で、わたしと長老《ちょうろう》といざこざあったのを聞いて腹を立てておった。そいでその日に猫たちを連れ

て行って、嫌《いや》がらせにそれを食い散らかしたんじゃ。猫たちは、それで味《あじ》を占めて、時々失敬《しっけい》しに行くようになっての、困ったもんじゃ。まあそれも三毛がおるうちだけで、もう長いことはないがの。」

またばあさんが、少し言い難そうに、

「ところで、気に染まぬことを聞くようじゃが、今まで遠慮《えんりょ》して聞かなんだが、わたしも長いことないんで。あんたが最初に結婚《けっこん》して、男の子が生まれたが、母親がすぐに亡くなって、あの子はどうしたかいの。わたしもこんなさまでは引き取れず、痛《いた》ましいことであったの。」

先生は、暗い顔になったが、すぐ思い直して、

「生まれたばかりの子を、男手《おとこで》で育てるわけにもゆかず、ある人の仲立《なかだ》ちで、その家で生まれたことにして、手放したのじゃ。ただ思いが残らぬように、育《そだ》ての親の名は聞かなんだ。その家で幸せになってくれればいいと思っての。もうその話は止《よ》そう。母さんには、たったひとりの孫《まご》だが、幸せに育っていると思うだけで、私は良いのじゃ。」

ばあさんは、涙を落として、

「済《す》まなんだ。その話はもう言い出すことはしまい。不愍《ふびん》（かわいそう）な子とも思うまい。今言うたこと忘れてくれや。あの世では、いつか会えるぞよ。」

わしには、この夜の情景《じょうけい》は一生忘れられぬできごとだった。子供心《こどもごころ》に、こんなこともあるんだと思った。大人《おとな》の世界、世の中の哀歓《あいかん》（悲しみと喜び）というものを、はじめて垣間見《かいま》たのじゃ。

それから間もなくのこと。おこんばあさんが、あの大沼の竹を刺した藻《も》の水面に、小舟を浮かべて、金銀の眼の三毛《みけ》猫を抱いたまま、亡くなっているのが見つかったんじゃ。発見したのは、魚釣りに来ていた小学校の鼻高《はなたか》先生だった。胸の病《やまい》の進んだ果ての故《ゆえ》であり、三毛もふしぎなことに、ともに眠るように、ばあさんの胸に抱かれて、こと切れていたそうな。

その葬式《そうしき》は、最後の姿を見つけた縁《えにし》で、鼻高先生が取り仕切った、というのを後で聞いた。奇特《きとく》（感心）なことよという世間《せけん》の噂《うわさ》だった。猫の悪さは、その後絶《た》えて無くなったそうじゃ。

わしはあの夜のことは、誰にも話さなんだ。亡くなったおこんばあさんに、悪いような気がしてのう。それと、ばあさんや鼻高先生といっしょに、子供の秘密《ひみつ》を持っているというのも、なにか嬉《うれ》しいような気もしたんじゃ。

ただ、かあちゃには、先生に会えない子がいるというのは、かわいそうなので、ちょっと言いかけた。そしたら凄い形相《ぎょうそう》（顔付き）で、話をさえぎられたんで、びっくりして話を止めた。なんじゃったんだろうな。

しばらくして、おこんばあさんのことなど、人の噂《うわさ》も静まった頃、鼻高先生に放課後《ほうかご》、わしとホラ吉が校外に呼び出された。

今日二人に来てもらったのは、お前たちがいつか助けてもらった、おこんさんのことだ。じつは、わたしが遺体《いたい》を見付けた時に、遺書《いしょ》があったのだ。それは、自分は治らぬ病《やまい》で、もう長いことない。死んで火葬《かそう》になったとき、昔異国《いこく》の地で入れて、思い出のつまった金《きん》歯《ば》を拾ってもらいたい。そしてこの金《きん》などで、仏《ほとけ》様の像《ぞう》を作ってほしい。またいっしょにお供をしてくれた、三毛《みけ》の首輪《くびわ》の鈴《すず》も取っておいてほしいという内容だった。

そう言いながら先生は、袱紗《ふくさ》（絹のふろしき）に包んだ金色の仏様と鈴を取り出し、「君たちが成長したとき、仏様はお前に、鈴はホラ吉に渡してもらいたいということだ。そして二人がこの地に帰ってきたとき、君たちの手で、自分が亡くなったあの沼に沈めてくれ、という遺言《ゆいごん》だった。私はそのことばどおり、仏様の像を作り、鈴は取っておいた。これは、君たちが大人《おとな》になるまで、私が預《あず》かっておこう。おこんさんは、お前たちを孫《まご》のように思って、私と同じように先生になって、帰って来ると信じていたんだろう。」

わしもホラ吉も、今までのことを思い出しながら、鼻高先生のように立派《りっぱ》な先生になって、きっとおこんばあさんの願いをかなえてあげようと、二人で指切りげんまんをしたことじゃった。

そしてかれこれ、もう三十年ほど前になるかのう、おこんばあさんのねがいどおり、わしは小学校の先生になって、この母校《ぼこう》に戻ってきたんじゃ。ああのホラ吉も、似合うとるだろう、中学校の体操《たいそう》の先生になって、近くに赴任《ふにん》して来たぞよ。そして二人が先生になったお祝い代わりに、鼻高先生から保管していた物を、預《あず》かったのよ。

そいであのおこんばあさんの遺言《ゆいごん》通り、その命日《めいにち》の日に二人で、あの大沼の竹の目印《めじるし》のあったところに、昔のように小舟を出したんじゃ。

そいでわしは、ばあさんの金歯で作った仏様を、ホラ吉は、三毛が首につけていた鈴を、沼に沈めたんじゃ。二人で声をあわせて、あした天気になーれ、と言ってな。

下駄《げた》や草履《ぞうり》を投ぐるよりも、もっと高級じゃとて。そして昔のことをば思い出して、大笑いをしたん。だが互《たが》いの顔をみたら、両の眼から滴《しずく》が垂れておって、これはそう、ほんまの泣き笑いであったぞよ。

そうそう、あの鼻高先生は、その後この小学校の校長先生になられた。そしてひたすら地元に尽くされ、ついこの間世を去られた。

戦後間もなくして、大沼の用水を利用して、あの辺りを工業団地《こうぎょうだんち》（工場の指定地区）にするという話が、一時あったんじゃが、鼻高先生や村人たちの反対で中止になった。ほんまに良かったのう。その後、大沼の一帯は、自然保護《しぜんほご》の地域に指定されたので、もうそんなこともなかろう。

なにせあの水底《みなそこ》には、おこんばあさんの仏様や三毛の鈴が、沼藻《ぬまも》に抱かれて眠っておるでのう。

わしも八十路《やそじ》にはいり、隠居《いんきょ》の身だが、ホラ吉もついこの前あの世へ行ってしもうた。世の中そろそろ見納《みおさ》めじゃとて、こんな思い出話もしておこうとてな。

［おわり］

雨乞《あまご》いの岬《みさき》

民話風のお話

【登場者】

修行僧《しゅぎょう》　語り手　拙僧（自称の丁重な表現）

男　物語の主人公　元学僧　のち鐘楼守《しょうろうもり》

菜月《なづき》　雨乞《あまご》いの巫女《みこ》

夕星《ゆうずつ》　男と菜月の姫　雨乞いの巫女

海神　竜神《りゅうじん》

その他　祖父の里長《さとおさ》　新しい里長　里人たち

◇原作は『譚詩劇 女鳥 岡山晴彦戯曲作品集』に掲載の「二ノ腕」（2016　ふらんす堂）。

拙僧《せっそう》は修行《しゅぎょう》のため、いま諸国を行脚《あんぎゃ》（訪ねる）している。この日、西国の海辺の村を訪れ、宿を探したが、運良く無住の草庵《そうあん》（草屋根の小さな家）を見つけ、そこに草鞋《わらじ》を脱いだ。

その夜ふしぎな夢を見て、ある男が枕辺《まくらべ》に立った。

見れば、右の手がやや不自由そうであったが、いま海の底に住んでおり、年二回の彼岸《ひがん》の日は、竜神の許しを得て、現世《げんせ》に出て来るそうな。運良く今宵《こよい》がその日であり、その身にまつわる噺《はなし》を、世の中の人に話しとうてたまらぬ風であった。

それは長い話だったが、はっきり覚えている。世に伝えてもらいたいという願いが、こちらに乗り移ったのであろう。むかし僧の身分でありながら、夢路《ゆめじ》の世界で、いまだ延々と励《はげ》んでいる、その男への功徳《くどく》（助ける）と思うて、この綺談《きだん》（珍しい話）めいた物語を聴《き》いて下されや。

なお、これより語る〝わし〟というのは、その男のことでござります。

……………………

その夜、巫女《みこ》（神に仕える）が〝雨乞《あまご》いの鐘〟を突いておった。海に面した岬《みさき》に、その鐘楼《しょうろう》台《だい》（かねつき堂）はあっての。もともと名ある寺院じゃったが、たびたびの戦《いくさ》で焼け落ち、これだけが残されていたんじゃ。実はこの国は、もういく月も旱《ひでり》による水涸《か》れが続いておってな。山と川に恵まれた隣国《りんごく》とちごうて、灌漑《かんがい》（農地に水を引く）の手立てもなく、数ある溜《ため》池《いけ》も、すぐ底をつく有りさまでのう。

この祈りの情景《ありさま》を、わしはひそかに見ておった。雨乞いは秘《ひ》めごとであり、学僧の身分では、本来見ることは許されぬ。だがこの日は学びの合間、岬から夜の海を眺めに、忍《しの》んで来ておったのじゃ。季節は秋も半ばであった。

やがて巫女は務《つと》めを終え、立ち去ったんで、鐘楼台に上ってみた。仄《ほの》かな香りが残っており、日頃女人《にょにん》との係わりがない者には、顔の赤らみは避《さ》けようもないことじゃった。そいで足元を見たとき、妙なものに気が付いた。それは何かの金属《きんぞく》で作られた腕輪《うでわ》のようだ。巫女が置いていったのであろうか、そのままそれを持ち帰った。やがて世の噂《うわさ》を耳にし、巫女の名前が、菜月《なづき》というのを知ったんじゃ。

次の日の夜、わしはまた鐘楼台へ向こうた。月は雲上にあり闇《やみ》に近かった。雨乞いの鐘の音と祈りの声が、海鳴りとともに谺《こだま》しておった。昨日手にした腕輪のことを菜月にたしかめるつもりであったが、そのときなぜか不意に自らの身に付けたい気持が湧《わ》いてきた。そしてそれを腕に通したとたん、金具《かなぐ》がおのれを締め付け、この身は言いようもない疼《うず》きに襲《おそ》われたのじゃ。やがて雲影が去り、月の光が鐘を突く菜月の姿とその二ノ腕（肩〜肘）

の姿を白々と照らし出した。

ここで、この国に伝わる「言い伝え」を話さねばなるまい。

これによると、鐘は元々男女の双《ふた》つあり、海の向うの国で造られ、船で運ばれてきた。その折、水を掌《つかさど》る海の竜神《りゅうじん》が、その鐘の音に惹《ひ》かれ、女鐘《めがね》を欲した。だが里の民は、それを惜しみ否《いな》とした。ゆえにその怒りを怖《おそ》れ、里のいずれかの土の中へ埋《う》めたそうじゃ。そこで、今ここで鳴っておるのは、雄鐘《おがね》ということになる。

ここが水飢饉《ききん》（日照り続きによる水不足）に苦しめられるのも、竜神とのこんな謂《いわ》れ（事情）によるのかも知れぬ。また工人が鐘を鋳造《ちゅうぞう》（形造る）したとき、雄鐘がその妻女鐘と離別《りべつ》の悲しみに遇《あ》わぬよう、〝呼び合う腕輪〟を作った。そんな伝えもあるそうな。この話は、後に祖父の里長《さとおさ》（村長）に聞いて、初めて知ったんじゃがの。

さて話を元に戻そう。それはわしが今まで経験《けいけん》したことのない気分だった。歯はカチカチと鳴り、身に付けた腕輪もカタカタと音を立てておった。菜月が撞木《しゅもく》（かねつき棒）に掛けた手を止め、振り返って見た。それはもう怯《おび》え切った面持《おもも》ちじゃった。あとで聞けばその時わしが物《もの》の怪《け》（ばけもの）に見えたんだと。

菜月は震《ふる》える唇《くちびる》で、どなたかと問うた。我に返ったわしは、おのれの名を告げ、その姿を人知れず物陰《ものかげ》から見ておったこと、そして非礼《ひれい》（礼を欠く）を詫《わ》びた。また落ちた腕輪を持ち帰ったのも、改めて打ち明けたんじゃ。鐘の内に、それが匿《かく》されているのは、菜月はまったく知らなかった。そこでたしかめようと、そばに寄り、わしの腕に付けた金具に触れた。

とたんに眼《まなこ》が突然開き切り、そのまんま〝わが夫《つま》よ〟と叫んで倒れ込んだのじゃ。われを忘れ、この手で菜月のからだを抱き起した。雲が低く下りてきて、ぱらぱらと秋雨が二人を濡らした。わしは海流《かいりゅう》のうねりを思うていた。鐘楼台《しょうろうだい》は闇の中に沈んでゆき、その女《ひと》の二ノ腕だけがただ白く光っておった。

年の明けたとき、わしは祖父にあたる里長《さとおさ》の座敷にいた。早くに父母を亡くし、その計《はか》らいで成人するまで、この身は寺に預《あず》けられていたのじゃ。長は政《まつりごと》（政治）を預かるだけに、厳格《げんかく》な人で、雨乞いの儀式《ぎしき》なども取り仕切っていた。ところが、その日わしの挨拶《あいさつ》を受けたとき、その衣の袖から覗《のぞ》く腕輪を見て、長《おさ》は顔色を失うた。

言い伝えをよう分かっていたのじゃ。それを持つ者に、巫女《みこ》と会う運命が待っているのを。わしはあの夜のことは告げなかったが、すべてを察《さっ》しておった。ただ長は、女鐘《めがね》の「言い伝え」について初めて話してくれた。思いがけなくも、埋めたのはわれらの先祖《せんぞ》であった。ところが、その埋めてある場所が、今は分からなくなっておる。でも鐘楼台《しょうろうだい》の近くであるのは、確《たし》かだというのも、このとき打ち明けたのじゃ。

また長は腕輪については、鐘《かね》を鋳造《ちゅうぞう》した工人《こうじん》が作ったと明かし、話はそれだけに止めた。

だがわしは、あの夜の取り憑《つ》かれたような激しい思いは、何かしらそれに導《みちび》かれたものではないか、という感じを最後まで拭《ぬぐ》い去れなかった。


なお菜月《なづき》のその後の有りようは、後で聞いたことじゃが。

あれから一年が経ち、菜月は土蔵《どぞう》の中で過ごしていた。雨乞いのさなかに、男と出合うのは、祈りが穢《けが》され、世に知られてはならぬので、一切秘《ひ》められておった。

それはただ一度の出会い。菜月はうす暗い蔵《くら》で、きっとあの夜のことを思い出しておったろう。変化《へんげ》したわしの姿、腕輪に触れたときにとつぜん訪《おとず》れたときめき、それは何もかも初めてじゃったんだろう。わしの心の眼に、情景《じょうけい》が浮かんでいた。菜月に悔《く》いはない。

早くから、その定《さだ》め（宿命）はきまっていた気がする。

あの時のような秋風が、蔵の戸をかたかたと鳴らす。錠《じょう》は掛かっていない。鐘楼台に向かって歩く女《ひと》、岬《みさき》の突端《とったん》から白いものが閃《ひらめ》き、落ちてゆく。その日わしは、そこの崖《がけ》を下って海辺にいた。足を浸《ひた》せば、晩秋《ばんしゅう》の海は少し冷たかったが、不意にあの夜とは違った悪寒《おかん》（さむけ）めいた気分に襲《おそ》われた。波間に白いものが浮かんでおる。

やがてそれはこちらの方に、揺れながら寄ってきた。まるで恋い慕《した》って来るような。それは菜月であった。衣は肌《はだ》に張り付き、そのからだは白い陶器《とうき》のようじゃった。あくまで波は静かだ。だが赤いものが、ひとしずく二ノ腕にぽつり、まるで生きているもののようにあった。やがてそこから、うっすらと血が流れ出した。わしは愛《いと》おしくその血を袖で拭いた。

春暁《しゅんぎょう》（春の早朝）、わしはただ無心《むしん》に祈っていた。それは、罪を償《つぐな》うとの気持ちであったのか。いや心の隅《すみ》には、菜月と同じように、ふしぎな満足感《まんぞくかん》もあったのじゃ。灯明《とうみょう》の前には、白い魂《たましい》のようなものが、浮かんでは消えておった。腕輪は、鈍い金属《きんぞく》の光を放っていた。あの後重さが増したような、咎《とが》（罪）の有りようを知らせるため、訴《うった》えているのかも知れぬ。

それで意を決し、重い足枷《あしかせ》としてそれを片足首に付け、自らの苦行《くぎょう》（きびしい修行）の徴《しるし》とすることとした。そして〝鳴鐘《めいしょう》一万回〟（鐘を鳴らす）の願《がん》を立てたのじゃ。

その日から、わしは岬《みさき》のほとりに茅屋《ぼうおく》（粗末な家）を建て、髪も切らずその守《も》り人《びと》となった。足枷は重かった。日に日におのれの心にも重さを与えた。だがその足を引きずりつつも、岬《みさき》に上り、朝に、夕に、風雨もいとわず鐘《かね》を突いた。その響きは、一つ一つ鳴る度に、わが胸の痛く苦しい思いを解き放っていったのじゃ。その後祖父の里長《さとおさ》はこの世を去った。

……………………

時は移り、十数年が過ぎてゆこうとしておった。そしてついに、満願《まんがん》の日（願いの満ちる日）がきたのじゃ。菜月《なづき》と会った日と同じような、秋半ばのたそがれ時であった。ところが、わしが外へ出ようとしたその時、とつぜん鐘《かね》が鳴らされたのだ。

鐘楼《しょうろう》に目をやると、女人が撞木《しゅもく》にまた手を掛けようとしているではないか。そして、この顔を見ると微笑《ほほえ》んだ。白い衣をまとった初々《うい》しい乙女《おとめ》じゃった。声を掛けてみると、新しく選ばれた雨乞《あまご》いの巫女《みこ》とのこと。名は夕星《ゆうずつ》という。祖父の後を継いだ里長からこの旨を伝える連絡が、遅れたようであった。その姿を見て、なぜか懐《なつ》かしく惹《ひ》かれるものがあった。

なにゆえと考え込むうちに、日はとっぷりと暮れていた。わしは終《つい》に〝一万回〟の鐘を突いた。それは五千日に及ぶ苦行《くぎょう》の果ての、魂《たましい》の安らぎであったのじゃ。わしは満ち足りた気分とともに、やおらその足に付けた輪を外《はず》しにかかった。だが長い歳月の間についた錆《さび》のせいではかどらず、見かねて、横にいた夕星が手伝ってくれた。

そしてその手が、この輪に触れたとき、この胸にあのときのような稲妻《いなずま》が走ったのじゃ。時がもどり、菜月《なづき》と錯覚《さっかく》させたのだ。思わず、わしはその嫋《たお》やかなからだを抱いた。女は近しい表情で、抱かれたままになっておった。この胸の内から、長い歳月の苦行《くぎょう》の記憶は、このとき消えてしもうた。そのとき不意に巫女が〝てて（父）よ〟と叫んだのだ。

わしは茫然《ぼうぜん》としてその顔を見つめた。それは正に菜月そのものじゃった。この身はすべてを悟った。見上げると暮れ落ちる空には、じっと鰯雲《いわしぐも》が止まっておった。夕星自らも、覚《おぼ》えなく出た呼び掛けであった。そして邪気《じゃき》もなく〝わが母、菜月を知るや〟と問うたのじゃ。このからだから、力が抜け、蒼白《そうはく》な顔つきとなったのが、おのれにも分かった。

わしはそれにただ肯《うなず》いただけであった。五千日の贖罪《しょくざい》（罪をつぐなう）の結末《けつまつ》がこうであったのか。知らずにしようとした行いとはいえ、禽獣《きんじゅう》（鳥や獣）にも劣るものと、この身を激しく責《せ》めた。そして誰にも顔を見せず茅屋《ぼうおく》に籠《こも》り、抱こうとした〝右腕の筋〟と、罪深い〝おのが髪〟を断《た》ち切ったのじゃ。

その頃この国は、隣国《りんこく》と水利権《すいりけん》を巡り争っておった。元々川の源《みなもと》はこちらにあり、また里境《さとざかい》を流れているので、水を分けるよう要求していたが、容《い》れられぬ。ゆえに雨乞《あまご》いの行事に、頼らざるを得ない有りさまじゃった。また近年ことに、当国は旱魃《かんばつ》（日照《ひで》りで農作物のための水が不足）による不作が続いており、交渉がまとまる見通しもない今、一触即発《いっしょくそくはつ》（一寸した事で大事件）の状態にあった。

そこで軍備《ぐんび》を固めるのに、両国も大わらわとなった。結果狙われたのが、武器《ぶき》を作るため、民の手元にある金属類《きんぞくるい》であった。鍋釜《なべかま》のたぐいはもちろんのこと、さらに目を付けられたのが、寺院にある祭具《さいぐ》、ことに梵鐘《ぼんしょう》であった。そのような物まで持ち出すというのは、為政者《いせいしゃ》（国を治める人）にとって、民心《みんしん》（皆の気持ち）を引き締めるのに、格好《かっこう》の材料なのでもあったろう。

わしはおのが傷《きず》をいやし、この度あわや犯そうとした人倫《じんりん》に悖《もと》る（人の道に反する）行い、その罪咎《つみとが》を清めるためにも、家に蟄居《ちっきょ》（引きこもる）しておった。

そこへ、新しい里長《さとおさ》や有力者たちが、訪ねてきた。それは思いもかけぬ申し出じゃった。国のお触《ふ》れ、呼びかけに応じて、埋《う》められている女鐘《めがね》を掘り出して、差し出したいとのこと。これが大砲や鉄砲などの、武器の材料になるというのである。

この里で名立たる伝承《でんしょう》になっている、あの鐘を持ち出せば、世に広く伝えられ、大きな話題となろう。国に対して里の面目《めんぼく》も立ち、最高の戦意高揚《せんいこうよう》（戦の励まし）になろう、など見え透《す》いた心づもりの末の訴《うった》えじゃった。わしは埋めてある在りかなど知る由《よし》もない。

そのきっかけも見え見えで、まして理由はともかく、人を殺傷《さっしょう》する武器に、仏具《ぶつぐ》を役立てるなど不快《ふかい》なので、知らぬことは知らぬと突っぱねたが、客人は諦《あきら》めぬ。先祖《せんぞ》が埋めたのであれば、知らぬはずはない、祖父から聞いているのではないか。またこれで、鐘楼台の雄鐘《おがね》は供出《きょうしゅつ》（さし出し）を免《まぬが》れることができるなど、あの手この手でしつこく責《せ》め立てられたのじゃ。

これより、わしの申すことは、〝夢か、別の世〟のことかも知れぬとして聞いておくれ。鐘の供出に協力しないのに、業《ごう》を煮やした（待ち切れず）のか、宵闇《よいやみ》せまるある夕べ、憂国《ゆうこく》の士（国を憂ふる人）と任ずる者たちがやってきた。そしてわしを捕えて岬の下の海辺へ連行《れんこう》した。そこには小舟がつないであり、舟底《ふなぞこ》へ押し込んで、わずかな食べ物と水を充《あ》てがい、上から蓋《ふた》をして閉じ込めてしもうた。

そいで、海流がもっとも流れの速いとき、引き潮に乗せて舟を沖へ流した。法に触れる仕業《しわざ》だが、こんなことに、口を拭《ぬぐ》えるほどの鄙里《ひなざと》（いなか）と思うてほしい。せいぜい取るに足らない男のいのち程度のことじゃったろう。いく日が経ったのか、わしにも覚《おぼ》えがない。ようよう船底を這《は》いだしたが食べ物も水も尽《つ》きかかっておった。

もう半死半生《はんしはんしょう》で気分はおぼろげになり、西海《さいかい》の果てにある極楽浄土《ごくらくじょうど》（仏のいます理想郷）など、やっと思い浮かべながら、生きる手がかりを求めていた。その時、わしのまぶたに不《ふ》思議《しぎ》なものが映った。藻《も》の衣をまとい亀の甲羅《こうら》の背に乗った老人が漂《ただよ》ってくる。おだやかそうな面持《おもも》ちで、海の怪物《かいぶつ》ではなさそうだ。どなた様であろうか、と恐るおそるその方のお名前を伺《うかご》うた。

老人は打ち笑《え》んで、余は海神《かいじん》じゃ、この西の海を掌《つかさど》っておる。姿を変えれば、怖ろしき竜神《りゅうじん》になる。そなたたちが雨乞《あまご》いをするとき、運良くそこにおれば、渇《かわ》いた大地や万物《ばんぶつ》に、恵みの水を与えることも出来る。そう言えば、かってそなたたちの国も、しきりに雨を乞うたゆえ、知っておるぞ。それよりお前は、なぜこのようなところをさ迷うておるのか。

遥々《はるばる》とここまで来たゆえ、何ぞ訴《うった》えることでもあったら、聞いてやろう。と宣《のたも》う（申され）たのであった。わしはここまでの一部始終《いちぶしじゅう》を、縷々《るる》と申し上げたのじゃ。海神は、おお、あの鐘には、余も思い入れがあったぞよ。かってあの双《ふた》つの鐘が、海の向うからそなたの国に運ばれるとき、その音を聞いた。

そして胸を掻《か》き立てるように殷々《いんいん》と響く、あの女鐘《めがね》が気に入り所望《しょもう》（欲しい）した。だがそなたたちは献上《けんじょう》（ささげる）するのを惜しんで、地中に隠《かく》してしもうた。されば地中であれば、余の力を及ぼすことも出来ぬ。そちらが、わが望みを断ち切ったのじゃ。以来その所業《しょぎょう》（なしたこと）に怒り、あの地を訪れる気持ちを失《な》くした。故に雨乞いをしても、願いを叶《かな》えるのはむずかしいのだ。

それより、余がそれほど欲しかった女鐘を、戦《いくさ》の材に使うとは怪《け》しからぬ。しかも政《まつりごと》の具《ぐ》（政治に利用）にするとは、ますます有り得ぬ所業《しょぎょう》と海神は憤《いきどお》った。またそなたは、鐘の在りかを知らぬと言うが、それは造作《ぞうさ》もない（たやすいこと）、腕輪に聞けば良いのじゃ。と教示《きょうじ》してくれた。

そこで海神は、わしに思いもかけぬことを請《こ》うた。そなたが女鐘を呼び出せば、おのれは雄鐘《おがね》の精になって、愛の語《かた》らいができよう。それは現《うつつ》（現実）のことではなく、女鐘にひとときの夢を見させたい、との思いからだという。果ては、わしの五千日の祈りの籠《こも》った髪を欲しい、と強く望まれ、わしは肯《うべな》った（承知）のじゃ。


小舟は里にもどり着き、翌日わしの姿は鐘楼台《しょうろうだい》にあった。そこで、片手で腕輪をかざし祈った。すると裏手の繁《しげ》みから、地鳴《じな》りのような低く鈍い鐘の音が伝わってきた。間もなく地が割れ女鐘《めがね》がせり上がって、目の前に姿を現した。そのとき、夕星《ゆうずつ》のまぼろし（幻影）のようなものが、女鐘にとり憑《つ》いた。

雄鐘には、海神が竜神《りゅうじん》の姿となって、炎を吹きながら巻きついた。そしてわが祈りの髪をかざしつつ、夕星と愛の語らいをした。やがてそれが頂点に達し、女鐘は宙に舞い上がり落ちた。竜神は水煙《すいえん》となって、天に昇り消えていった。わしは茫然《ぼうぜん》として、それを眺めておった。

しばらくして、夕星が鐘楼台に上ってきた。そして今しがた岬《みさき》の突端《とったん》で、急に気を失い倒れていた旨を告げた。何も覚《おぼ》えていない様子じゃった。それは十三夜の日の夜のことであった。

わしを海に流した者たちは、この身が天佑《てんゆう》（天の助け）を得て、里に戻り着いたのに慄《おのの》いて（怖がる）おった。一方新しい里長《さとおさ》は、その意を忖度《そんたく》（おしはかる）した連中の暴挙《ぼうきょ》（乱暴な仕業）に、心の疼《うず》きを感じていたろう。だがそれよりも、こちらが女鐘《めがね》を見つけた、その方に驚《きょう》喜《き》したぞよ。そいで、自らわしを訪ねて来た。

一旦会うのを拒《こば》んだが、茅屋《ぼうおく》のことゆえかくれようもなく、顔を合わせざるを得なかった。里長はおのれが知らぬうちに、起こされた心ない者の仕業《しわざ》と弁解し、詫《わ》びるとともに、希《ねが》いが叶ったのに謝意《しゃい》を表した。また奇跡的《きせきてき》に帰ってきた事について、臆面《おくめん》もなく（図々しく）その幸運と神助《しんじょ》を称《たた》え、事の始終《しじゅう》を語らせようとした。

わしは、九死《きゅうし》に一生《いっしょう》を得た今回の件には、怒りは尽《つ》きなかったが、夢なのか別の世なのか分からぬ、そんな海神《かいじん》との出会いについては、一切触《ふ》れなんだ。そして女鐘の供出について、里長は改めてその経緯《いきさつ》をこまごまと説明し、諒解《りょうかい》を求めた。わしはそれについて、海神の憤《いきどお》りがどういう形を示すのか、思い描《えが》くのも出来ず、それが畏《おそ》ろしいことかも知れぬとは思いながら、断るまではしなかった。

里長は安堵《あんど》の息を漏《も》らし、それでも姿勢を正し、近いうちに里人《さとびと》たちを集めて、鐘楼台《しょうろうだい》の下で雨乞《あまご》いの祭儀《さいぎ》を行いたい旨を伝えた。併せて、女鐘を送り出すための別れの儀も、そのとき催《もよお》すので、出てもらいたいとのことじゃった。わしはそれが、どういう結末をもたらすか分からぬが、とにかく応じることとした。


その日、雲一つない秋天《しゅうてん》のもとで、〝神事《しんじ》〟は執り行われた。榊《さかき》の依代《よりしろ》をたてた神籬《ひもろぎ》（神霊の天下る所）を設け、女鐘《めがね》がそこに祭られ、里長をはじめ里人たちが参集した。夕星《ゆうずつ》の巫女《みこ》が雄鐘《おがね》を突き、そのあと祈りを捧げた。やがて祭儀がたけなわになったとき、突然西の方角から、黒雲が立ち昇ったんじゃ。

稲妻《いなずま》がひらめき、耳をつんざく雷鳴《らいめい》がとどろいた。そして拳《こぶし》ほどもある雹《ひょう》が降り注ぐ。次いで、女鐘に落雷し火花を散らし、打ちのめすような大粒の雨脚《あまあし》が襲《おそ》うてきたんじゃ。逃げ場もない岬《みさき》で、人々はおののき、地にひれ伏しておったぞよ。さらに凄《すさ》まじい風が吹きすさび、西の海上で、その雲は竜神《りゅうじん》の姿と化した。

やがて竜巻《たつまき》となって立ち昇り、その巨大な雷雲は、動き近づいてきた。もう辺りの草木は、すべて薙《な》ぎ倒され、大方の者は、気を失うておった。ついに、その竜巻は岬を襲うた。夕星は鐘楼台にしがみつき、撞木《しゅもく》を摑み、必死に雄鐘を鳴らしておった。そのとき誰も触《さわ》らぬのに、女鐘が自ら音を鳴らしたんじゃ。

それは別れの響きであったのかも知れぬのう。わしは這《は》いより、動く左手の腕で女鐘をしっかと抱いた。菜月《なづき》の時のように。そいで鐘は地から巻上げられ、わが身と共に断崖《だんがい》へ吹き寄せられ、海へと落下して行ったんじゃ。その折、落ちてゆくこの体から、影のような分身《ぶんしん》が生まれ、かたわらには菜月の二ノ腕が浮かんでおった。

やがてわしの分身はだんだん薄れてゆき、見る間に点となって、その白い翳《かげ》りの中に吸い込まれ、消えていったんじゃ。

そこはの、高貴《こうき》で窺《うかが》い知れんほど、限りのう深うて、しかも充《み》たされた空間であるぞよ。わしは充たされたのじゃ。そして今も、満《み》たされておる。なおまた、このとき起こったさまは、夢幻《ゆめまぼろし》となって、里人や夕星の心にも、映し出されておったにちがいない。

……………………

ここでこの男の話は消え、夢は絶えてしまった。拙僧《せっそう》は、この岬を去るにあたり、土地の古老に会い話を聴くことが出来た。それによれば、色々な〝後日譚《ごじつたん》〟（後に語られた話）が伝えられているそうだ。それは恐らく、こうなって欲しいという人々の思いや希《ねが》いが作り出したもので、本当のことは定《さだ》かではなかろう。

いわく、男は、海神、竜神によって、岬《みさき》の突端《とったん》の海中に匿《かくま》われている。そして男は、竜神に女鐘《めがね》の精との愛の語らいを断つ約束を取り付けた。それで引きかえに、その女鐘を、絶えることなく突き鳴らし、竜神に聴かせることを約した。ゆえにそれを守って今も海底《うなそこ》で、朝に夕にたゆまず、〝左手の腕〟で鳴鐘《めいしょう》（鐘撞き）の行《ぎょう》を行っているそうな。

また後に、興味をもった領主《りょうしゅ》が、この女鐘を引き上げようとした。だが、竜神の怒りにあい、船や乗組員もろ共、荒れる風雨によって沈められた、という無残《むざん》な決末に終わった。さらに同じく、ある有力者が試みたところ、今度は鐘の形をした大岩が、身代わりとなって差し出された。それは海を望む岬の地に据えられ、今も崇《あが》められているという。

伝え聞くところでは、竜神は女鐘を得たことで、しばしばこの里にも訪れるようになり、潤沢《じゅんたく》（ゆたか）な雨の恵みを与えるようになった。そのため戦のこともいつか忘れ去られ、生活の具のみならず、信仰を表す梵鐘《ぼんしょう》まで、供出《きょうしゅつ》させられようとした民人《たみびと》は、政《まつりごと》に怒りを向けた。そしてあの新しい里長《さとおさ》は、この国から追放《ついほう》されることになったそうである。

今でも、ときに岬の雄鐘《おがね》の響きに唱和《しょうわ》（合わせて）して、潮騒《しおさい》の音とともに、嬉し気《げ》な女鐘の音が聞こえてくるとは、世人《せじん》の噂するところである。この物語の〝男〟は、絶えることのない行《ぎょう》を続けながらも、充たされて菜月《なづき》の二ノ腕の内に棲《す》んでいるのである。拙僧《せっそう》は供養《くよう》することもなく、この岬を去ったのでござります。

［おわり］

Ⅱ 小品集

十三篇

水神の森

降る蜩《ひぐらし》の声　近くの水神様の森に行きます　なんとなく気になり足元をみると　路上に黒
薔薇《ばら》の造花があり　そっと道の端に寄せておきます　空を見上げれば　かなたの森の天辺
をこえて雲影が近づいてきます　今日は影に包《くる》まれた日なのでしょうか

また陽がさしてきます　地平の方からは飛行機の爆音が聞こえてきます　こんな日にひか
りが狂わされたのです　そうなのです　あの日広島では灼熱の光線が　黒い礫《はりつけ》　いのち
を封じ込めた人影を　地に焼き付け去っていったのです

あのとき消えていったひかりは　その影を失い　いまどこを彷徨《さまよ》っているのでしょうか
天の隅からひかりの声でしょうか　失ったかげをよびつづける声が聞こえてきます　本来
ひかりとかげは一体のもの　のこしたいのちの影を探しているのです

元々の日本のことば　やまと言葉では光そのものも影といいます　日影　月影　星影　灯《ほ》
影《かげ》　渾然《こんぜん》と溶けあうその響き　そこではすべてのものが影を持っています　そしてそれは
今世に在るということ　かけがえのないいのちそのものの証《あか》しなのです

さらに古来から　やまと言葉には　言葉通りのことがもたらされるという　そんなたまし
いも宿っているといわれています　ぼくは信じています　言霊《ことだま》というその力で　きっとひ
かりとかげはめぐり逢い　一体となり　そしてよみがえるでしょう

水神の森の池に　蜻蛉《とんぼ》が忙しく羽ばたき卵を産みつけています　日を浴び水面に影を写し
いのちを伝えているのです　雲影が頭上を通りすぎてゆきます　手水舎《ちょうずや》の錆《さ》びついたポン
プをくみ出し手を洗います　茶色の水はやがて澄んだ色になりました

兵士の夢

庭に今年も咲いています　赤と白です　戦災にあった九州の家から　移植《いしょく》したものですが
そこでは　母がだいじにだいじに育てていました　赤のほうが生気溢《せいきあふ》れ　白は嫋《たお》やかです
これはいきもののルールなのでしょうか

赤白黄には感性を象《かたど》る夫々《それぞれ》の花言葉があります　球根《きゅうこん》は飢饉《ききん》の際に非常食となることもあり　大陸から伝わったということですが　少し毒物《どくぶつ》を含んでいます　そして今日思い立ち宮城《きゅうじょう》に咲く曼珠沙華《まんじゅしゃげ》を見にいってきました

田舎では田圃《たんぼ》の畔《あぜ》などに懐かしい風景ですが　ここも負けずに方々で真っ赤に咲いています　途中理髪店の三色ポールを見て　昔理容師が外科医を兼ねていた西洋では　赤色は血液の徴《しる》しだったというのを思い出しました

こんなとき　苦い連想ですが　血　赤い花　宮城などから〝散華《さんげ》〟の字が　記憶の隅に浮

かんできます　それは元々は仏様の供養《くよう》に花を撒《ま》くことですが〝はなとちる〟戦死の美化《びか》に使われたのです　少年の頃信じていました

それはともかく　大人になり辞書を見て知ったのですが　曼殊沙華という名の由来は　梵《ぼん》（サンスクリット）語の音写で　五天華《てんげ》の一つであり　仏典では　天上に咲く白い花であり　見るものの悪を払うということだそうです

けれど日本では　彼岸花《ひがんばな》が別名になり　しびと《死人》花ともいいます　いま自宅の庭でも　本来なら球根で殖《ふ》えるはずなのですが　なぜか思わぬ処で咲き始めるのです　兵士が最期に見た里の夢の花　たしかに　いのちがさ迷っているように花を咲かせるのです

この日　そんなことを思いながら　赤に憑《つ》かれたので内濠《うちぼり》を巡ってみたら　立ち群《む》れて白い花も咲いていました　近くの九段の社《やしろ》や無名の戦没者《せんぼつしゃ》を祀った千鳥ヶ淵の墓苑《ぼえん》には　どんな風に赤と白の花が　咲いているのでしょうか

落花の頃

落花の頃　人影も消えた千鳥ヶ淵公園に佇《たたず》んでいます　隣に無名戦没者墓苑《むめいせんぼつしゃぼえん》そして道を隔《へだ》てて靖国《やすくに》神社があります　ある情景の浮かびます　ぼくが幼稚園の頃本当にあった話です

父が役員をしていた九州のSデパートで　端午《たんご》の節句の広告モデルとなって写真を撮り　そのあと店内で遊んでいました　街では時局柄《じきょくがら》日曜日など兵隊さんの姿をよく見かけるようになりました

そんな頃　たまたま屋上遊園地で二人の兵隊さんに声をかけられ　友だちも一緒に遊びました　その後食堂へゆき　皆で飲んで食べて賑《にぎ》やかに時を過ごしたのです　その後入り口のボーイさんに耳打ちして三人共出ていきました　中々帰ってこないので子供なりに心細くおかしいなと思ったのですが　無銭飲食《むせんいんしょく》だと分かりました

幸い食堂の支配人はこちらを見知っており　慰めてくれ父に連絡をとってくれました　ぼ

くと店との係《かか》わりを聞いての悪乗《わるの》りだったのです　軍隊の経験があり　自称愛国者だった父は笑って事を収めました　悪戯心《いたずらごころ》でしょうが　人生で初めてのショックでした　その後戦争の渦《うず》のなかで　やがてそんな記憶は薄れていきました

ほろ苦い思い出ですが　今は妙に憎《にく》めない人たちとも思え懐《なつ》かしくもあります　何も言わなかった父はさておき　共に遊んでくれた若い兵隊さんたちの無邪気《むじゃき》な笑顔が強く印象に残っているせいでしょう　二人とも無事で戦後を生き抜いて人生を全《まっと》うしたか　思いたくはありませんが無念の気持で神社に祀《まつ》られなかったか

若者の頬のような桜は散り　水辺を染めている　淵の辺りに風が湧いて　神社の方に花が走ってゆく　武道館の反《そ》り返った屋根を見ると　今はもう昔の思いもしますが　宮城や桜田門（井伊大老）も含め　この辺りは明治大正から昭和の幕の下りる迄　百二十年の年月の結晶《けっしょう》した死者と生者の夢の交り合い　様々な思いの行き来するところなのです

あしおと

もう冬になります　早くも　早くも　そんなになりましたか　すこしかなしい気もします
多摩川の空に北斗星のかがやく夜です　足裏の砂利を踏みながらゆっくり歩きます　少年はあのとき　つわもの（勇ましい武人）になることを夢見ました

五歳のとき九州で見た憧《あこが》れのヒトラーユーゲント（1938　独のナチス青少年団）　その若者三十人の集団行進の勇壮な足音　卒園後のこと　日米関係緊張で母国《ぼこく》に帰ってゆく幼稚園の宣教師《せんきょうし》女性園長その遥かな足音　また戦中さ中に心躍《おど》らせて観たニュース映画　神宮外苑での出陣《しゅつじん》学徒壮行会（戦争に行く学生を送る大会）の一斉行進

旧制中学一年のとき　焼夷弾《しょういだん》の炎の中を必死で逃げ回った足音　爆弾で吹き飛ばされじゃりじゃり　裸足《はだし》でガラスの破片を踏んだ足裏　逃げ惑う機銃掃射　二十代高度成長のとき通勤地獄《つうきんじごく》　車内で靴が片方消え　丸の内の舗道《ほどう》を靴下で歩いた片方の足

戦後の思いがけないこと　戦災で中学校舎が焼失し応急の元兵舎で　舞台劇が上演された
前進座の地方巡演　河原崎長十郎丈《じょう》としづ江女史を主役にしたシェークスピア「ベニスの
商人」古い板張りの床で演じられた足音　忘れられない（初回早大演劇博物館前庭昭和22）

そして長い年月　遂にきたあの日の足音も思います　振り上げた腕のおお力こぶよ　東日
本大震災の原発事故　その直後乳呑み児のための水を探《さが》し回り（都水道規制）　果てはお店の
人に怪しまれ鬱積《うっせき》募《つの》る　飛び入りで大学生のパレード（2011.09）に加わり　シュプレヒコー
ル　その後対策講じられる迄　心の中でも踏みしめ歩んだ老生の足並み

明日は　能楽堂《のうがくどう》へ行き知人の「頼政《よりまさ》」（戦に敗れた平安末期の武将）の舞　白足袋の床を踏む音を
聞きます　昨日は　近くの寺にゆき窓の下を　般若心經《はんにゃしんぎょう》（大乗《だいじょう》仏教の経典）を唱えながら足音
を忍ばせて歩きました

今まで歩んできたかぞえきれない足音の数　まぎれもなくそれはおのれひとりのもの　た
れのものでもない　いま足許を見たらそこに落椿《おちつばき》一輪《いちりん》　わたしは生きている　これから
の歩みを思いながら　足音を立てずそっと近寄り水際に寄せておきます

春の旅路

霞《かすみ》の空に放たれる　ダムのサイレン　おおどかな春にはなにかしら　空に向かい放たれていいます　それは雲路《くもじ》を辿《たど》り上ってゆくのです　ひともどうぶつもむしも　なにかしら気分も上々みんな空を見上げています

こどものころ正午を報《し》らせるドンが鳴り　丘の砲台《ごほうだい》午に空砲《くうほう》を撃つ役目の人がいました　顔を見てみたいな　どんな兵隊さんかなと　想像していました　いまではそんな軍都《ぐんと》（軍の施設のある都市）の記憶も　春の幻想めいています

ほんとうの砲声は砂塵《さじん》や血に塗《まみ》れているのです　それはとめどもなく大地に堕《お》ちてゆきます　だが午砲台の音は空気だけ　いま空のどのあたりを飛んでいるのでしょう　何光年空想の距離は　ぼくのこどもからおとなまでの時間です

ときには　空の片隅に取り残されたちいさなちいさな音もあります　それは孤独な声です　唄にある親のない子のように　わらべ歌の鬼さんこちらのように　迷いながらも空に向かってゆきます

生きとし生けるもののいとなみから放たれる音たち　遠く離れてどこまで飛んでゆくのかでも落ちないものもあると信じたいのです　それはぼくの脈打ついのちの鼓動　絶えず時空に放たれ　はるか宇宙の深奥《しんおう》まで飛び続けてゆきます

ぼくの胸の中にある遠くの景色を覗《のぞ》きます　霞《かす》んでいるが目的地までまだまだあるようです　茂みでは翡翠《かわせみ》が嘴《くちばし》を上げて天の声をきいています　この感受するもの　予感めく春の旅路　ふと気づく肩の軽さよわれありと　緑濃い日に心の鏡に見入ります

遠い記憶

緑地公園でメタセコイアの森がゆれています　青葉を揺るがして風が吹き渡っているのです　帽子を顔に当てて　そっとベンチでねそべります　こころと和して　遠くからはるかな声が聞こえてきます　天上の声なのでしょうか　いや　風が柱となって　世の中の巷《ちまた》（町の中）のさざめきを行き来させているのです

この木はヒノキ科の落葉樹《らくようじゅ》で　成長の早い高木です　近年中国で発見され　生きた化石の遺存種《いぞんしゅ》（残り少ない植物）とも言われます　和名は「曙杉《あけぼの》」といいます　戦後の昭和に輸入され　樹の性質から木材というより　公園などの景観《けいかん》（すぐれた景色）として植えられています　時がたちここの美術館の屋根を越す位大きくなりました

そっと耳をすませば　懐かしい家並《やなみ》に　豊かな畑の黒土に　遠くの破れた旗にさえも　ひとの思いは満ちみちています　そんなとき　メタセコイアは大きく息づいています　ひと

に向かって　いとなみに向かって　その吐く思いのたけを　ぞんぶんに吸いこんでいます
そしてこちらに伝えてくれるものがあります

そうなのです　化石の樹は　奥深い幹《みき》のなかに遠い記憶をたくわえているのです　世紀を通して　人びとのいのちの証《あか》しはつたえられています　きょうの日も　たれのためでもなくその樹は　その形見を年輪《ねんりん》にきざみ幹の胎内《たいない》に残してくれています　忘れられない日々の想い出をいつか伝えるために

南風がさらに吹きつのっています　市井《しせい》にある漫《そぞ》ろな気分は　竜巻《たつまき》のように雲の上の世界に運ばれてゆきます　だけどひとには　過去現在未来　かけがえのないひたむきな営みの時間があります　帽子をとりベンチに座りなおします　いのちの痕跡《こんせき》（あとかた）は地に遺《のこ》されます　世にのこされるのです　このわたしの愛する思いも

森の神々

この森では　風もないのに　無数の蜘蛛《くも》の糸に　落ち葉が下がってくるくると回っていま
す　あの戦《いくさ》のときは物も感情もやきすてられました　そのあと積もる歳月　この身に纏《まと》っ
てきたいとなみがあります　そして生きるということ　ただそれだけのために　いままで
脱ぎすてないできたもの

もっと捨てるものがありましょうか　と森の神々にききます　その声は木魂のように　深
い木々のなかに消えてゆきます　その中で枯葉はしずかにつもっています　そしてそこで
は　多くのいのちがかすかに息づいています　そう遠くから耳を澄ませば　やがてこたえ
る山彦がきこえてきます

無伴奏《むばんそう》の秋　無一物《むいちもつ》へむかう秋なのです　これまでのいとなみは腐葉《ふよう》の土（落葉の腐った土）
のようになり　さまざまな思いをかもしだしているのです　それは自然に浄《きよ》められた声

森の神々から与えられた声　生まれたときの声　だからこころのなかには　なにひとつ捨てるものはありません

樹間《じゅかん》のおくに日溜《ひだ》まりが見えます　ぐんぐん歩きます　木《こ》の下闇《したやみ》（茂みの暗い木陰）から羽ばたきの音がもれてきます　ぼくはつばさをえたのでしょうか　これまでもひかりをもとめて　時のかけはしをいくつ渡ってきたことか　でもいまはもうそれをかぞえることはしません　そうけっして

たとえば　人をすきな日もきらいな日もあります　他愛《たあい》もないことと受けとめていますがまことは　ほんとに贅《ぜい》のかぎり（ぜいたくなきもち）です　いまさまざまな思いがありますでもそれはすべてわが身ひとつのもの　森を抜け　いま秋の青さを知っても　もうおそかったなどとは決していいますまい

メロちゃん

ぼくには幼い小学生の弟がいます　ある日一緒に公園で遊んでいるとき　ミニ豚を散歩させている人と会いました　まるでワンちゃんのようで可愛いのです　メロちゃんというそうですが　つい妙なことを思い出し　同じことを言いだしそうになり　あわてて口をつぐみます　それは先月お父さんや弟と動物園に行った時のことです

野牛か駱駝《らくだ》だったかな　とにかく毛深い四足《よつあし》の動物がいました　思わず　おいしそうだなと呟いたのです　お父さんは笑い出し　ぼくも折角可愛い動物たちを見に来たのに　そんなことを言ったのは　きまりが悪かったのですが　弟もその言葉が忘れられなかったらしく　それを作文に書いてしまったのです

先生は面白いお兄さんですねと　朱筆《しゅひつ》で感想を書いてくれました　本当にそう思ったのでしょうか　ぼくには分かりませんが　道端で会ったときなど　ほんとに愛らしい　元気《げんき》印《じるし》のメロちゃんなのです　ちゃんとお座りだってしてします　弟には決して　作文のようなこ

とを思わないとは言いました
童話の王様や乞食でも一週間も食べないと同じく命が危くなる　でも人間は食べ物が足りても　もっといい生活をしたくなったり　よその国の豊かな土地を欲しくなったりします
お父さんの本棚を覗《のぞ》いたら　ナショナル・プロダクト（国の生産する額）と地政学《ちせいがく》（国の政治と地理の関係を考える）の本があり　もっと大きくなったら勉強しなさいと言われました
だけど　泣くなメロちゃん　たとえどんな思いがけない大変なことがあっても　行きずりのお前だけど決して食べやしないよ　そうそう　今日も大きなおおきな空が一面に広がっています　メロちゃんがおいしそうだな　なんてぼくが　口を噤《つぐ》んでいるかぎり　きっと毎日穏やかな日和がつづくのです

紐のお話

最近新聞に　物質の成り立ちに関わる超紐理論《ちょうひもりろん》の記事があった　そのかたちからして紐は
大事のものらしい　ときにぼくの身の回りは紐だらけだ　いつの頃からか色んな物を紐で
下げている　物が無くなるからだ　眼鏡は赤い紐　ホッチキスは緑　ペンは黒い紐　備忘《びぼう》
メモは茶色　などなど

母さんが言う　なんでも紐で結ぶのは有難いと思う気持が足りないから　そんな心があれ
ば事は疎《おろそ》かにならないのですよ　眼鏡にはきょうは良く世間や文字を見さして頂きました
ペンはいい文章を書かして頂きました　とお礼をいう　感謝の紐で心通えば目に見える紐
は要らないと

辞書を引けば色んな例がある　いい紐　変った紐　中には変な紐も　古代の男女の紐結び
書物を繙《ひもと》く　子供の紐解き祝い　紐付き融資《ゆうし》　紐付き人間　母さんに聞けば　昭和二十年

の空襲の時は皆が逸《はぐ》れないよう着物の紐を握り締め　炎と闇の中を手探りで逃げたそうだ
助けてもらった命の紐だ

よく考えれば　この世に存在するものはすべて時間の申し子だ　そして物質であろうが人の気分であろうが　いのちがあろうがなかろうが　いつも変化し動いている　だがそれらは孤立したものだから　良くも悪くも社会での　物の成り立ちの原点《げんてん》つまりほかとのつながりをいつも求めているのだ

糸　緒　絆　綱　縄も同じ仲間だ　赤い糸・玉（魂《たま》）の緒《お》・人の絆《きずな》・命綱　人は産まれる前は臍《へそ》の緒でつながっている　お腹から出たらそれを断ち切り助走《じょそう》状態に入り　自立の出発点に立つ　それからみずからの手で　いのち果てるまで　目には見えないが　心を通わすための魂の緒といのちの糸を編《あ》んでゆくのだろう

恵比寿の眼

九州の漁村の港を訪れます　海辺には赤白青の原色《げんしょく》に彩られた恵比寿《えびす》像が　鯛《たい》を小脇に抱えて台座に座り　その眼は冬の海峡を見つめています　古事記と日本書紀のいざなぎといざなみの神の子捨ての神話を思い出します　生まれた子が三年たっても立つことができないので　海原《うなばら》遠く風のまにまに葦《あし》の舟に乗せて流したのです

その名は「蛭子《ひるこ》」　ちちははは彼方にいませるか　見えない世界を望み見たのか　切ない話ですが　後世の縁起《えんぎ》説話（吉事の言い伝え）ではその子は長じて海を領《りょう》する豊漁《ほうりょう》の神となります　そんなことを思い散策していると　松の木が数本細々と生えた岬《みさき》の突端《とったん》に出ました　白砂青松《はくしゃせいしょう》といった趣《おもむき》ですが　うら淋しい感じもします

漁師《りょうし》の方に　この岬は難破《なんぱ》した死びとが潮の流れで漂《ただよ》い着く浜であり　その流れ仏《ほとけ》を〝えびす様〟と呼び　豊漁の兆《きざ》しとした伝承《でんしょう》（言い伝え）があると教えられます　福をもたら

す海のかなたの常世《とこよ》の国（永遠の国）から来たのです　また手元の民俗誌で　某漁村では捕らえた鯨の胎児《たいじ》を海岸に葬り〝えびす神〟として祭る風習のある事も知ります

船宿《ふなやど》に戻ったら　主《あるじ》から村落の言い習《なら》わしも教えられます「昔から言い聞かされたことそれは童《わらべ》の心のままで育った人を〝ののさまのこども〟と言い　そんな気持ちを大切にしなければいけないと」　ののさまというのは神仏のことをいう幼児の言葉ですが　先の海辺の話とも併せ　今に伝える事の大切さを知ることができました

浜辺に流れ着いた染付《そめつ》け皿の欠片《かけら》を愛《いと》しみます　藍《あい》色の文様《もんよう》には常世からの祈りが込められ　心の翳《かげ》りが消えてゆきます　人々の思いは招福伝説《しょうふくでんせつ》（幸せを招く言い伝え）の主人公を作り数々の哀傷《あいしょう》（こころの痛み）を癒《いや》してきました　これからの世も　そんな物語を生むことができましょうか　恵比寿の眼はもうなにも訴えていません　海の豊かさを祈っているだけなのです

夜神楽

近くの森の茂みに　白い夕顔がそっと咲いています　丘の上の鄙《ひな》びた（田舎風）社からお神楽《かぐら》の音が聞こえてきます　秋祭りの催《もよお》しのなかで　村の戦没兵士の魂を慰めるものがならわしとなり　今年も神楽座《ざ》が招かれます　神楽殿《でん》はないので　舞台がつくられます

夜神楽の最後は山神《さんじん》の舞です　舞台の背景の幕には緑の深山が描かれ　演じるひとの天狗の面が灯りに映えています　右手に振鈴《しんれい》左手に御幣《ごへい》（お祓《ばら》いの祭具）をかざし　振り乱す長い髪　笛太鼓が舞を盛り上げます

ふと気が付くと　脇の野天《のてん》の花ござに襟足《えりあし》の清々《すがすが》しいわらべがいて　ランドセルを大事そうに抱いています　少年とも少女ともつかぬ声　初々《うい》しい喉笛《のどぶえ》のあたりに見とれます　こころのなかで　私の時もさかのぼってゆきます

社殿の鰐口《わにぐち》の綱が揺らめき　床を踏み鳴らす音　ここは実《みの》りの里　〝山の神〟は春の訪れと共に山を下りここで〝田の神〟となります　そして秋の豊作を祝い前の姿にもどり　奥深い森へ帰ってゆきます　世代を超えてゆくいのちといとなみへの祈りです

私のたましいが独楽《こま》のように回り始めます　白くにごった滴《しずく》が振り落とされ　すべてが削《そ》がれてゆきます　わらべと見入る舞に　遠心《えんしん》する魂は澄明《ちょうめい》な未来に向かってゆくのです　そしてあたらしく生まれてゆくもの

夜半の森に風の湧きはためく幕　野外の舞台から山の精がすり足で消えてゆきます　ござにはわらべの姿も影もなく　心のうちに　たれにも冒《おか》されないいのちといとなみへの貴《たっと》いものが訪れます　ふっと夕顔の白い花を想いおこします

よったりさん

路傍《みちばた》という言葉があろう　われらよったりは　もう長いこと多摩川越えたところに座って
おるんよ　雨風に打たれて鼻も低うなってしもうたが　昔ここは江戸へ往来した結構賑や
かな街道《かいどう》じゃった　近くに義経《よしつね》さんが鎌倉へ参じるとき　弁慶《べんけい》が架けた二枚橋《にまいばし》という名所
もあるぞよ

わしは地蔵菩薩《じぞうぼさつ》じゃが　横の庚申《こうしん》（道教の塚）さんは宝暦《ほうれき》四年とあるんで二百六十年もたっ
ておろうな　もう一方は明治初めの仏教排斥《はいせき》で首を失うた地蔵さんよ　顔の殆ど見えぬ一
体は道祖神《どうそじん》さん（峠や村境に祀る）じゃ　奇特《きとく》な人が拾うて皆仲間にしてくれた　四体揃《そろ》うの
は　ほんに幸せなことよ

昔はの　村に庚申講の寄合《よりあい》があってな　その日体の中の悪い虫が天の神さんに告げ口せん
よう　お参りして飲食《のみくい》もし一晩中世間話に耽《ふけ》っておったぞよ　今は町になったんでそげな

話も聞かんが　近くに遊園地ができて大勢人が集まるんでそれでいいのかも知れんの　お夕立か　あの頃気立ての良い男の子がおってよ　真夏になると暑かろと井戸水をかけてくれた　それが七十年も前かの　坊主頭《ぼうずあたま》の青年になってな　大きな襷《たすき》をかけ勇ましい歌に送られて　どこぞへいってしもうた　その後とんと姿を見んが　どうしたのかのう

この花綺麗《きれい》じゃろ　近くの小学校の娘がいつも拝みにきてくれ　この前はたちになった式というてな　美しいべべ着て見せてくれた　そのうちふっくらした母さまになり　ちっちゃな掌《てのひら》と拝みにくるぞよ　やがてそれもばさまになりその子がまたかさまになるのよ

かって〝おさげと花と地蔵さんと〟というはやり歌があったが　皆が懐《なつ》かしいとさえ思うてくれれば　われらも本望《ほんもう》（まんぞく）なのじゃ　そのうちに目も鼻も口も見えんのっぺらぼうの石の姿になるかもしれんが　相変らずよったりはここに座り続けておることであろうな

歩道橋

おばあちゃん大丈夫　お尻を押してあげよう　よいしょ　よいしょ　おや風車《かざぐるま》があんな処に　あれは僕が付けたんだ　電車が通るとよく回るんだよ　それもう一息《ひといき》　ありがとよ
おや涙の跡が　また悪戯《いたずら》かい　私の部屋に隠《かく》れておいで　これ内緒《ないしょ》だよ　やれやれ　秋になったというのにまだ汗をかくよ　歩道橋の上までやっと上りきった

僕も隠れん坊のできる大きな部屋が欲しいなあ　わたしが天国に行ったらお部屋を上げるよ　天国って　楽しいあの世で極楽《ごくらく》のことだよ　あの世って　死ぬことだよ　そいじゃ指切りげんまん　おばあちゃんが死んだら　あのお部屋をもらおうっと　じゃおばあちゃんはいつ死ぬの　はっはっはまだまだ死ねそうもないね　なあんだ

僕は幼稚園で　おば捨て山というお話を聞いたよ　子供が年とったお母さんの頼みで山に捨てに行ったけど　帰れるように枝を折って目印《めじるし》にしてくれたので　後悔してまた連れて

帰ったそうだよ　でも　みんながそろって捨てに行ったら山も賑《にぎ》やかになって　淋しくないと思うんだけどなあ　そんなお年寄《としよ》りだけの国を作ればいいよ

あんたが言うように　そこで　皆で楽しく暮らしたという話もあるようだよ　それで今は本当にそんなところもあるんだよ　じゃ　おばあちゃんはそんな国へ行ったらいいんだ

時々会いに行ってあげるよ　かぐや姫のように賑やかにお迎えがきてくれたらいいよね

はっは　白髪頭《しらがあたま》のお姫様だけんど　そうなればいいよね

そんな国を作っても　お金はどうするのかな　足りないでしょ　お金がかからないよう順番にお迎えが来るから大丈夫だよ　お迎えって　極楽《ごくらく》行きのことだよ　三途《さんず》の川というとこを渡ってゆくんだよ　生きている時の働き次第で三つに分かれて渡るんだよ　ふうん歩いて渡るんだ　僕が大きくなったらそこにこんな橋をかけてあげるよ

やれやれもう下り口だよ　おおお風車が回ってる　箱根のお山から風が吹いてきたようだね　それふうっと　鼻息でもっと回れや　おばあちゃん無理しないで　危なくないよう手を握ってて上げる　元気出して　死んでもまた橋を渡って帰ってくればいいんだよ　ありがとよ　そう言えば今晩あんたとお盆《ぼん》の迎え火を焚《た》かなくちゃね

Ⅲ 朗読詩劇

愛の記憶

【登場者】

夏男　元俘虜収容所 所員（実は星哉と陽子の父）

冬彦　元俘虜収容所 所員（星哉の養父）

星哉　大学の文学部講師

陽子　女性医師

ハンナ（実は星哉と陽子の母）紙面のみ登場

軍医

その妻看護師（陽子の養母）

◇原作は「影絵詩劇　愛の記憶」。作品の基底に能楽の心象。

◇作品の周辺「余話」223頁。

（参考図書）『ＢＣ級戦犯 60年目の遺書』㈱アスコム

『ＢＣ級戦犯・チャンギー絞首台』 紀尾井書房

そこは太平洋戦争の終戦後まだ間もない時代、南方のBC級戦犯の収容所であった。面会で訪れた冬彦と被告の夏男が向かい合う。とつぜん数発の銃声が聞こえる。冬彦がつぶやく。

「いのちの音、たたかい敗れて国家と運命をともにし、職に殉《じゅん》ずと。従容《しょうよう》（こころしずかに）として名誉の銃殺刑を受けた軍の上層の方だ。敗戦で相手側の立場からみると、国策《こくさく》（くにの方針）を遂行した責任者として、だが本人のこころのなかは複雑のものがあったに違いない。」この方はいくさびとの長《おさ》として、祖国への愛の終末をおのれの体で見とどけたかったのであろう。

また窓の外には、十三階段の絞首台《こうしゅだい》がある。きのうは軍医が絞首台に上った。収容所の俘虜《ふりょ》の名簿に就労《しゅうろう》可能（労役ができる）の認証をしたばかりに、責任を問われた。さらに痛ましいことだが、半島出身者も幾人か収容されていると聞く。民族の尊厳（ほこり）を踏みにじり、言葉や神社にまで及んだ皇民化《こうみんか》（同化）政策の末端に置かれた庶民《しょみん》の犠牲者でもあろうか。

冬彦はゲリラの一員とされたハンナの事件の件をたしかめたくて今日そこに来ていた。もう敗戦に近い頃、収容所の責任者であったとき、収容所の彼女をゲリラの仲間が救出にきて銃で襲われた。防御《ぼうぎょ》するうち、囚人服《しゅうじんふく》を脱ぎ捨てた彼女を仲間と見誤《あやま》って撃《う》ってしまった。

そのときその場に、共に責任者であった夏男が駆けつけて、抱き起こしたそのシャツにハンナの血痕《けっこん》が付き、手放した短銃を摑《つか》んだ。その結果彼が犯人とされてしまった。戦後の裁判《さいばん》で冬彦が名乗り出たが、法廷ではそれを立証《りっしょう》（しょうめい）できず、夏男が犯人として起訴《きそ》された。おそらく被告として、禁固刑《きんこけい》か最悪には死刑の判決が下されるかも知れない。そして夏男はあえてそれを否定しなかった。

夏男は戦前から民間人としてこの地に住み着いていたので、現地の事情に詳しかった。また軍との関係も色々あり、仕方なく司政官《しせいかん》（軍の役所の人）に請われて収容所の仕事についた。それでも、戦中も無残《むざん》なことが起こらぬようこころを砕《くだ》いたつもりでいた。だが先方の証人となった人は、当時ゲリラの身分をかくして一般人を装い、商売の上で当方と一時トラブルがあり、さらにはハンナとも親戚《しんせき》関係にあった。無罪となる有利な証言は望むべくもない。

拘留中《こうりゅう》でも夏男は気落ちした風でもなかったが、面持《おもも》ちをあらためて、冬彦に頼みたいことがあると言う。そして冬彦に思いがけない秘密《ひみつ》を打ち明けた。それは実は以前からそのハンナはおのれの恋人だったということ。それだけでなく逮捕《たいほ》される直前、密《ひそ》かにこどもを儲《もう》けていた。二卵性《にらんせい》の兄妹の双生児だった。そしてあるところにその子たちは預けていた。そのとき彼女への複雑《ふくざつ》な思いがあった。

「最初からハンナがゲリラ組織《そしき》の一員だったとは、思いたくはない。まさか私と軍の関係を知って近づいたのか。そんなはずはない。わたしと彼女は純粋に愛し合っていた。」

夏男は信じていた。親密《しんみつ》になってから、そのことを知られて狙われ、子供までいて、どうしても断り切れなかったのだろうと。

◇

外の絞首台《こうしゅだい》が揺れ、踏み板の落ちる音がする。今一人処刑《しょけい》されたのだ。

冬彦はある看守《かんしゅ》から聞いた話を思い出していた。その人は敗戦後の祖国の再建に尽くせぬのが残念だ。だが新日本建設の礎《いしずえ》となり、国と運命を共にするのは男子の本懐《ほんかい》だ。いさぎよく戦時中の責任をとろう、そう言いのこして、海ゆかば、蛍《ほたる》の光を歌い、辞世《じせい》の歌を詠み、十三段の絞首台に上ったそうな。

罪とされたもの。感性の目盛りは、相対的なことが人間の悲劇だ。宗教や知性、教養の歯止めも抹殺《まっさつ》される。国の命令のもと、怒りと恐怖と残酷《ざんこく》の高熱にうなされ、敗者になって悔悟《かいご》と償《つぐな》いの平熱に戻る。反面その人が部下が助命されたのを喜んだ気持ちも、分かるような気がする。

夏男にその話をして、

「あなた自身の場合はどうなのです。ハンナの愛を信じたい。人間として二人の愛が至《し》高《こう》のものだと。それだけのことで、私に代わってそのいのちを断ちたいのか。生あれば死あり、生者必滅《しょうじゃひつめつ》（生あるものは必ず消えはかないもの）の新陳代謝《しんちんたいしゃ》（入れ代わる）、草木が枯れるのは自然の理《ことわり》だと。それとも二人の愛は永遠のものになると。」

夏男はその罪を受けた方の思いは分かるという。みな悠久《ゆうきゅう》の大義（永遠の人の道）に生きて殉《じゅん》じたとされたが、それはおのれを納得《なっとく》させるため、止むに止まれぬ尊厳《そんげん》な死の儀式。だが彼もさいごの別れの晩餐会《ばんさんかい》では、ふるさとの肉親とくに母親への想いで涙を流していた。

寺や社に咲く梅の香り、川の土手に満開の桜の花、畔道《あぜみち》にひっそり咲く彼岸花《ひがんばな》、過ごしてきた町並みや山と川、恋人や親しい友人達の面影も心に浮かんでいたろう。そこにあるのは〝人や自然を貫く愛〟であろう。それは貴いもの。

「愛という意味の使い方は近代になってからであって、もともとの大和《やまと》言葉はいとおしい、かなし、わたくしごとの貴い言葉でしょう。ハンナを私は疑いもなく心底からいとしく思った、でもそれはなんにもまさる大きなもの、二人の愛、それを貫《つらぬ》く、それだけのことです。」

夏男は、大義《たいぎ》でもない国のためでもない、人として素朴《そぼく》な貴い想い。黄泉《よみ》の国（死者の国）にいるハンナに、その愛をたしかめたい。それはなんにも代えがたいもの。だから飾らない死をあなたに代わって、この身に与えてもらいたいという。

◇

冬彦にとって今回のことは本意《ほんい》でなく起こしたことにしても、本来は私が処断《しょだん》されるべきなのだ。この情況は一生鉛《なまり》を胸の内に抱くように重い痛苦《つうく》となろう。

「あってはならぬことだが、判決を容認《ようにん》し万一あなたの身はこの世から離れるにしても、血脈《けつみゃく》（血すじ）は伝えられてゆくもの。だから二人のお子さんがいるというのを、いま初めて知ることができ複雑《ふくざつ》な思いがします。」

夏男はそこで最後に冬彦に頼みたいという。ハンナと己のいのちを伝えるもの。それは二人の子供のこと。

実は同じ頃軍の病院で看護《かんご》の仕事をしていた方が軍医と結婚され、女児が生まれたが、不幸にして間もなく亡くなった。そんなことから、その方に私とハンナの娘を預け、その子供として育ててくれるよう密《ひそ》かに頼んだ。

そして二人は戦争末期に貨物船で内地に帰国した。ただ帰国した先が長崎港だったので、その後の原爆《げんばく》に遭《あ》わなかったか心配ではある。

「いま申し上げた軍医は、俘虜《ふりょ》収容所の就労《しゅうろう》許可（労役が可能）の責任を問われており、絞《こう》首刑《しゅけい》の判決を受けています。あなたにお願いです。もうひとりの男の子ですが、どんなかたちでもいいので、あなたが日本に帰国するときに、一緒に連れて帰ってほしいのです。」

しばらく時間置く。絞首台が揺れ、踏み板の落ちる音がする。

……………………

総合病院の応接室《おうせつしつ》で昭和四十年代後半の東京。星哉と陽子が卓に向かい合っている。医師の陽子にお世話になり、その父冬彦はどうやら命をとりとめ、今のところ小康《しょうこう》状態（病が落ちつく）で過ごしていると礼を述べる。

「専門医の先生に万全《ばんぜん》を尽くしていただいて、今後どうなろうと、思い残すこともなかろうと感謝しております。ここ病院までご挨拶に上がりました。」

「これは恐れ入ります。わたくしは専門の分野で手伝っただけで、ほかの医師が主に診《み》てくれたのですが。」

星哉の父冬彦は帰国後銀行に勤務し、当時高度成長の時代それなりに活躍していたが、やがてオイルショック到来、金融引締めなど、昨今の四苦八苦、元々真面目人間で適当にということができない質《たち》で、心労《しんろう》が重なりからだを壊《こわ》したと報告する。

陽子は雑談に、でもいまある暮らしは、そんな方たちのおかげ、小さい時は洗い物も洗濯板、テレビなどないし、ラジオにかじりついて、自家用車などどこの国のことかと、思っていましたという。

そのことで星哉は、この国が戦後発展したのも、朝鮮戦争という痛ましい事変《じへん》があり、その特需《とくじゅ》景気やそれに伴う技術革新《ぎじゅつかくしん》が経済成長の大きな要因になった、ということを忘れてはいけないと、父に常々言われたと言う。

また星哉は過去の父の事、戦時中は南方で軍の仕事をしていて、幸いお咎《とが》めも受けずに戦後私を連れて引き上げてきたと打ち明ける。

「その後父は苦労を重ねて、今言ったような過去を抱きながら、なんとか暮らせる世の中になったと思っていたのでしょうが、近ごろはまた別な意味でふくざつな気持ちでしょうね。」

◇

陽子もうなずき、実は自分の母も軍の召集で南方で看護《かんご》の仕事をしていて軍医の父と結婚したこと。

「そのあとすぐ戦争末期に、母と貨物船《かもつせん》で長崎港に帰国しました。ですが現地に残っていた父は、戦後間もなく亡くなりました。」

星哉は、感慨《かんがい》深げに、

「そうだったのですか。戦争末期、長崎。」

「あまりひとには言っていないのですが、引き揚げた後、母は惨劇《さんげき》（ひさんなできごと）の舞台となった長崎、そこの病院で勤務しており、あのむごたらしい爆弾の被害者《ひがいしゃ》となりました。」

なんとか命は取り留め働いていたが、その後後遺症《こういしょう》と思われる病で先年亡くなったとのこと。

あの日のことは、目をおおうばかりのこの世の地獄《じごく》、阿鼻叫喚《あびきょうかん》（地獄に落ちて泣き叫ぶ）の巷《ちまた》で、あちこちに人を焼く火が赤く燃えていた、傷口から肥った蛆虫《うじむし》がぽろぽろと落ちてきた、悪夢《あくむ》のような情景を、ぽつんと洩らしたことがあったとのこと。

「それであなたは。」

「市内から離れた親戚《しんせき》に預けられていて助かりました。そして母の気持ちを汲んで、医の道に進むことにしました。」

星哉は話を聞くと、南の地で生を享《う》けた二人、共通の思いもあるような気がした。陽子もプライベートのことは、余り人には言っていないのだが、なにか通じるような不思議な気持ちになって、つい話したという。そしてまた機会があれば、これまでの陽子の人生の背景からして、その生き方や考えなどまた伺いたいと思う。

再会の願いを込め星哉が手を差し出し、陽子も同じ気持ちになり、ややためらうが二人は握手《あくしゅ》する。


……………………


部屋の棚《たな》にびっしりと本が積み重なった大学の文学研究室で、星哉が机に座り本を広げている。ノックの音がして、本を伏せ声をかける。陽子が入ってくる。

「やあお待ちしていました。わざわざご連絡いただいて恐縮《きょうしゅく》です。むさ苦しいところですがどうぞお掛け下さい。」

応接セットにそれぞれ座り、陽子は書類を差し出し、

「お忘れ物があって、お送りしてもいいのですが、大事そうな物なのでお届けした方がいいかしらと思って。今日は幸い病院のほうが非番《ひばん》（とうばんでない）だったものですから。」

星哉は先日思いがけないお話を伺い、またお会いしたいなと思っていたので嬉しく、天の導《みちび》きと礼をのべる。陽子は今日は講義だったのですか、それにしてもたくさんのご本、と部屋を見回す。

星哉は参考まで、きょうは講座で秋の野の昔語りの話を取り上げてきたと話す。

秋風の吹くたびごとにあな目あな目

小野小町《おののこまち》の上句　風の吹くたび、ああ目が痛い目が痛い。（穴目）

小野とは言はじすすき生ひけり

在原業平《ありわらのなりひら》の下句　小さな野と言うまい、こんなに薄が生えている。（掛け詞）

平安前期の歌人在原業平が、東下り《あずまくだ》り（京都から東国へ行く）の旅の果てに奥州の歌枕《うたまくら》（和歌に詠まれた名所）八十島《やそじま》を訪ねた。その夜歌の上句《かみく》を読む声が聞こえてきた。明るくなって見るとそこに髑髏《どくろ》があり、目から薄《すすき》が生えていた。風の吹く度にその穂の靡く音が、痛みを訴《うった》えるような歌に聞こえていたのだ。

聞けば、小野小町がここに下向《げこう》（都から地方に行く）して亡くなり、どくろは小町であるという。そこで業平が哀れに思い下句《しもく》を詠んだという説話（古事談）、また道行く人がすすきを引き捨ててあげたので恩に報《むく》い、歌人の小町らしく歌の上達を助けたという話もある。

（無名草紙）


星哉はこの話は、広く解釈すれば、こころの眼に置き換えられる。その眼に穂《ほ》が刺さってというのは、人間としての思考を失わせる哀《かな》しみ、それを取って上げたということは、もっと人間本来の眼で物事をとらえる比喩《ひゆ》（なぞらえて表現）ともいえると解説する。


一方陽子は、医師という仕事のせいか情を入れないで、無機的《むきてき》（あたたかみのない）にものを見る習慣が身についている。人の本来持つ情感から外れ、自分ながら人間として怖いような気もすると日頃の想いを述べる。また母に聞いた話では、たとえば戦争などでは、人間が焼け死んで燻《くすぶ》っている死体を見ても、慣《な》れというか怖れや哀しみなど感じなくなる。

「ただその匂いだけはいつまでも忘れられない。環境になれてしまうということは、人間の悲劇だと言っていました。宗教という絶対的（他から係わられない）な価値観（価値を認める基準）を持てばどうなのでしょうか。」と問う。

星哉はそう、本来私たちは相対的（他と比べて成り立つ）な資質を持っていて、環境次第で倫《りん》

理観《りかん》も零《ぜろ》地点に降りてしまって麻痺《まひ》してしまう。だから口幅《くちはば》ったいようだが、宗教はともかく、

「文学の力というものが、人が本来の人らしく、何かの時にもそんな我に返るときの手助けというか、〝はっ〟と目を覚ましてくれるのかも、これは文学に向き合うものの使命だと思っています。」

◇

星哉はいま贈られた友人の詩集を読んでいたが、そのなかには広島の原爆のことを詠《うた》った詩がある。

「亡きお母さんが長崎で原爆に遇われた話を憶い出し、あなたにも読んでもらいたいと思っていた。せっかくお見えになったから、ぼくが朗読してみましょう。」

水神の森

降る蜩《ひぐらし》の声　水神の森に行く
路上で見つけた黒薔薇の造花あり
道の端に寄せておく

かなたの森の天辺をこえて
雲影が近づいてくる
きょうは影もどきの日なのか
また　陽がさしてくる　地平から爆音
こんな日にひかりが狂わされた
広島で　灼熱の光線は
黒い礫《はりつけ》　いのちを封じ込めた人影を
地に焼き付け去っていった
消え失せたひかりは　その影を失い
いまどこを　さまよっているのか
池に　蜻蛉《とんぼ》が忙しく羽ばたき
卵を産みつける　日を浴び
水面に影を写し　生《いのち》を伝えているのだ
やまと言葉では光そのものも影という
日影　月影　星影　灯影《ほかげ》
渾然《こんぜん》と溶けあうそのひびき

すべてのものは影を持つ
それは　今世に在るということ
かけがえのないもの　という証しだ
かげをよびつづける声　ひかりは
かならずや　言霊《ことだま》の力で蘇《よみがえ》るだろう
雲影が頭上を通りすぎてゆく
手水舎《ちょうずや》の錆びついたポンプを
くみ出し手を洗う
茶色の水はやがて澄んだ色になった

（詩集『影の眼』掲載作品
「小品集」に散文作品）

「有難うございます。ひかりとかげ、それはいのちそのもの、そしてことだまのねがい、後遺症《こういしょう》であの辛い思いをした母も草葉の陰で感動していることと思います。」

そして陽子は内心思うことだった。

あの日、勝者も敗者もない荒れ果てた無の世界、勝者の雄叫《おたけ》びも敗者の呻《うめ》きも超えた絶対次元の破滅の世界。

「実は原爆投下の翌日、わたくしは親戚の方に抱かれて母を捜しに行きました。そして今度その方が入市被爆《にゅうしひばく》の申請をすることになり、一緒に提出することになっています。」

(投下直後に爆心地に入り残留放射能の影響を受ける)


…………………………


千鳥ヶ淵《ちどりがふち》の緑道《りょくどう》、星哉と陽子が石のベンチに座る。秋の日の午後、前に女性の彫像《ちょうぞう》がある。あれから忙しいなか何回か会って、星哉は二人が互いの思いを汲み取れるようになったらと願うようになった。

「今日はまたあなたが落ち合い先を指定して千鳥ヶ淵に来ましたが、よくここを訪れるのですか。」

陽子は、実はここに隣《とな》り合った「戦没者墓苑《せんぼつしゃぼえん》」のことで、亡くなった父の事情を話すつもりであったのだ、この前会ったとき話そうとも思っていたのだが。

星哉はパンフを手に取り見入っていた。そこは日中戦争・太平洋戦争で国外で死亡した日本の軍人・軍属・民間人の身元不明や引き取り手のない遺骨を安置する施設で、遺骨は、中央の「六角堂」に安置されている。政教分離(政治と宗教を分ける)の原則で特定の宗教宗派に属さない施設ということで、近くの靖国神社と別の立場となっているのだ。

星哉は墓苑に菊花を供えたことを報告し、陽子が神妙な面持ちなので、そっと尋ねてみた。

「お父上はたしか軍医さんとか仰《おっしゃ》っていましたが、立ち入ったことですが、戦没者であられますか。」

思いがけない陽子の話だった。戦後南方の地で戦争犯罪に問われ、BC級戦犯となり、罪名は収容所の俘虜《ふりょ》にたいし就労可能《しゅうろうかのう》の認証《にんしょう》をしたということだ。

「あまり人さまに打ち明けたことはありませんが、あなたさまにはなぜかお話したくなりました。」

しばらくふたり沈黙。

陽子によれば父は現地で処刑され、恐らくその地に葬《ほうむ》られたのだ。

「父は刑を受けた地に、この前聞いた小野小町のお話のように、しゃれこうべとなって眠っておりましょう。ただわたしは、救いを求めたいとの気持ちでしょうか、せめて無名戦没者として、ここの『千鳥ヶ淵戦没者墓苑』に祀られていると思いたくてここに来ているのです。」

星哉は辛いことを訊ねた、同じように自分を連れて南方から引き揚げてきた父も、詳しいことは殆ど語ることはないが、今のお話のようなことを知人と話しているのを、脇で聞いていたことがあるという。でもこの霊園のことまで、及んで考えたことはなかった。

「私など何も申し上げる立場ではないのだが、いずれにしても戦争のもたらした無残《むざん》なこと、こころにとめておきたいと思います。」

そしてこの前、二人で宮城の辺りを散策したが、そのとき内濠《うちぼり》の中に咲く曼珠沙華《まんじゅしゃげ》を見た。星哉はあの時の気持を詩にしたので朗読する。

◇

兵士の夢

庭に今年も咲いている曼珠沙華
赤と白　赤のほうが生気溢れ　白は嫋《たお》やかだ
球根は　飢饉《ききん》の際に非常食となることもあり
大陸から伝わったということだが
すこし毒物を含んでいる

今日思い立ち宮城に曼珠沙華を見にいく
途中理髪店の　三色ポールに眩《くら》めいて
思い浮かぶのは赤は血
昔西洋では外科医を兼ねていた
もともとは球根で殖えるのだが
なぜか　いつのまにか思わぬところで
いのちがさ迷うように　花を咲かせている
田舎では田圃の畔《あぜ》　ここも負けずに咲いている
救いと不安と美しいものが　思わず嗚呼《ああ》と
名の由来は　仏典で天上に咲く白い花
別名は彼岸花　なのに苦い想い
散華《さんげ》の言葉が口を衝いて出てくる
元々は仏の供養《くよう》に花を撒《ま》くこと
だが花と散るという戦死を美化したこの散華
花の別の名は　死人というしびとばな
戦場の兵士が最後にみた　この夢の花

赤に憑《つ》かれたので　内濠《うちぼり》を巡れば
　ここには　白い花が立ち群れて咲いている
　九段の社《やしろ》や千鳥ヶ淵の墓苑《ぼえん》
　そこに咲いているのはどの花であろうか
　　　　　　　　　　　　　　　　　（「小品集」に散文作品）

読み終わり稿《こう》をポケットから取り出すが、そのとき一緒に写真が落ちる。

「ああそうだ。うっかりしていました。この前あなたのことを父に話しました。好意を寄せていることも。」

そうしたら父の冬彦は、陽子の過去をきき、まさかと思うがと言いながら、その名前を訊ね首を横に振った。そして黙ってその写真を差し出し、念のため陽子に見せるようにと言った。そこには南の地にいたときの、その父と幼い女の子が写っていた。


詩稿と一緒に写真を渡す。陽子は詩に目を通し、

「ここに祀られるあまたの霊への鎮魂歌《ちんこんか》（死者の魂を鎮めるうた）。いくさびとたちは、いのち果てるまで人としての愛を求め、故郷に咲く曼珠沙華など夢見ていたと思います。この詩は無名の戦没者たちに捧げる挽歌《ばんか》（死を悼むうた）でしょうか。刑を受けた父にも捧げましょ

う。」

そして写真を見て裏返す。そこに記されている文字に見入り驚愕《きょうがく》の表情。

「どうしたの。」と星哉。陽子はしばらく絶句《ぜっく》する。

「ここに写っているのは。わたくしです。ここに記されている名前は私の幼名《ようみょう》。」

「どういうこと。なぜ父があなたと。」


……………………………………


秋の公園の紅葉したメタセコイアの巨木の森、噴水《ふんすい》を前にしてベンチに二人が座る。

その後星哉の父冬彦は、身辺を整理するだけのいのちをいただいた。だがその後新しい病巣《びょうそう》が発見され、延命措置《えんめいそち》を断り、安らかな面持ちで他界した。そして生前己の亡きあと読むように言って、星哉に一通の封筒を渡したがまだ封を切っていない。

「またこの前父に言われて、写真を見せたときのあなたの思いがけない言葉も、解《げ》せないままだ。」

そして陽子も封筒を取り出した。

「わたくしも同じものを持っています。」

星哉はどういうことかと驚いたが、とにかくお父上のものをお読みになってと言われて封を切り、読み終わりしばらく呆然《ぼうぜん》と立ち尽くす。

◇

「この前あの写真を見せていただいたとき、もう予感がしたのです。」

陽子も母から一通の封筒を渡されていた。愛する人ができたら、これを開き読むようにと言われていた。そして星哉のことを思いながら封を切った。だがすべてのことが、ありえないことだった。

「もう一通の同じ封筒を持っているのがあなただったとは。どうしたらいいのか。その時はそう思いました。」

死刑か病か自死《じし》か明らかでないが、いずれにしても収容所で心しずかに死を迎え、愛するひとのもとへ赴いた。そんな真の父がいたのだ。今明らかに。

星哉は、なんということだ。いままで生きてきたことの証《あか》しが失せてしまう。そればかりか、これまでの二人の間がすべてが虚構《きょこう》だったとは思いたくなかった。

「あなたと身も心も一体のような気がしていた。それは同胞《はらから》だったからか。いやそう思いたくない。それはまちがいなく愛。真実私はあなたを愛している。」

でも陽子が思い当たったのは、父と思っていた人の贖罪《しょくざい》（つみをつぐなう）の気持ち、そんな思いも共に抱きながら、今までその人の影の中にいた。いま真実が分かったこれからも、自分の生き方は当然それも含めてだが、

「兄さま、いやあなたと言わせてください。こんどのことはそうでなくあってほしい。すべてはまことのことではないと思いたいのは真実です。またあなたを愛するような気持になったこともたしかです。」

だからこそ母の愛を最後まで信じて刑を受けた、まことの父そして母、また複雑な思いを抱きつつ刑死した、父と信じていた医師、長崎の母など、これらの人から頂いたその愛を心に抱いて、これから生きてゆきたいと真摯《しんし》に心に願う。

「個人の思いをぬけてもっと次元の高い、医師として自立してゆくことが大事だと思います。母を捜したあの日、そこに残されたあの不条理《ふじょうり》（人の道に反する）なものをこの身に受けました。これから長崎の地でその研究など、故人の遺志を継いで、医師の道を進んでまいります。」

◇

星哉はその思いを止めることはできない。ただ兄妹であろうと、陽子を愛している。重

ねて言うが、ふたりは身も心も一体のような気がしていた。

「はらからだから、いやそうではない。ぼくの心のなかに今もいる。だがあなたは一人の女性として、毅然《きぜん》として佇《たたず》んでいる。」

陽子の気持ちは痛いほどわかる。そして二人とも、母の愛を最後まで信じて刑を受けたまことの父と母、そして父と信じていた人、これらの人からいただいたその愛を心に抱いて、生きてゆかねばならないだろう。


無人の列島に新天地を求めて南の島から渡って来た人、のち動乱の半島から渡来してきた人、さらに北の大地から来た人、これらの人々の触れ合うことばとその願いは、この国の豊かな四季の力で醸《かも》し出され、〝ことだま〟さえ生まれた。

友人の詩「水神の森」、そこにある光と影、それは今世にあるということ、かけがえのない〝いのち〟そのものだ。だが八十島《やそじま》の昔語りの歌のように眼に薄《すすき》、比喩的発想すれば心の眼に刺さる棘。原罪《げんざい》（人は生まれながら罪をおう）というか、人はとかくその本来の眼を失いやすく、相対的な資質に溺れ、光と影は見えなくなる、そして悲劇を招く。近代はさらにその主体を抹殺《まっさつ》（存在を消す）するべく、光と影を引き裂く死の光さえ生んだ。

だが諦めてはいけない。人間性を回復するのは、哲学より、政治よりもっと、いわんや武器でもない、この国に生まれた〝ことだまの力〟ではないか。それを生み出してくれるのは、〝ことばと声〟だ。ことばに魂のないものの惨《みじ》めさを味わわせたくない。

すべてを貫くものは〝愛〟、魂をもつ言葉で愛を語るのだ。愛は決して消えない、言葉があるからだ。言葉は不死《ふし》だ、不滅《ふめつ》だ。言葉そのものが愛なのだ。

「この肌で眼で唇で愛の言葉を語ろう。愛から言葉は生まれ、言葉から愛は生まれる。陽子あなたはかって悲劇の起きた地で、いのちを守る道を進む、ぼくは尽くしたい。五十年後百年後も残る〝ことば〟と共に。」

◇

星哉が共に暮らした父は、帰国後一市民としてそれなりに戦後の復興に力を尽くし、身も心も使い果たし倒れた。陽子の共に過ごした母は、いくさのせいとはいえ、普通の庶民が、あの日あの理不尽《りふじん》なものを身に浴び時を経て果てた。

二人のまことの父はいくさの終った後、ひとりの女性の愛を信じて南の地に埋《うず》もれ、ともにその悠久の自然のなかに還っていった。

「歴史の片隅で終末を迎えたわたしたちの四人の親たちにここで弔意《ちょうい》（死の悲しみを弔う心）

を捧げよう。そして時の泉に、われら二人の姿、いのちのことばを汲み、生きよう、ともに。」

兄と妹の二人、そして愛の絆《きずな》で結ばれた二人、だが二人はそれぞれの道を歩んでゆく。

陽子はしっかりした声で

「いつもくるこの公園、大きく伸び伸びと生きるメタセコイアの樹。お別れに、この木に語ったわたくしの思いを謳《うた》いましょう。」

きずな

メタセコイアの森がゆれています
昼さがり　青葉を揺るがして吹き渡る風
そっと帽子を顔にベンチに座りなおします
遥かな声があります
　天上の声　いや風が柱となって
　街中《まちなか》のさざめきを行き来させているのです
こちらに伝えてくれるものがあります

家並《やなみ》に　畑の黒土に　破れた旗にさえも
ひとの思いは満ちみちています
メタセコイアは大きく息づきます
ひとに向かって　いとなみに向かって
その吐く思いのたけを　ぞんぶんに吸いこみます
化石時代から生きている樹は
奥深い幹のなかに　遠い記憶をたくわえています
世紀を通して　いまいのちの証しは伝えられます
きょうの日も　誰のためでもなく　その樹はその
形見を年輪に刻み　幹の胎内に残してくれます
南風がさらに吹きつのります
人や市井《しせい》の巷《ちまた》にあった気分は
竜巻のように　雲の上の世界に運ばれてゆくのです
だがわたしたちのいのちの痕跡《こんせき》は
　この地に遺《のこ》され　世に残されます
　　この私の愛する思いも

（「小品集」に散文作品）

そして祈るように。
「愛の記憶は不滅《ふめつ》です。こころのなかにある広大な愛の沃野《よくや》（ゆたかな土地）。そこに眠る人々、そしてかの地に眠るまことの父母へ、育《はぐく》んでくれた二人の親へ、いま魂の花束を捧げましょう。」

星哉も想う。古事記に記す同母の兄妹の恋を思う、それがわが身とは。だが虚《むな》しくはない。太子は伊予の国に流刑《るけい》となり、二人の死後に建てられた比翼塚《ひよくづか》（愛しあった二人の墓）が今もある。それは人として許されぬことか。

木梨軽太子《きなしのかるのひつぎのみこ》の歌

天《あま》飛ぶ鳥も使ひそ　鶴《たづ》が音《ね》の　聞こえむ時は　我が名問はさね

（空飛ぶ鳥も使者なのだ。鶴の声が聞こえたら、この名を言って、私のことを尋ねておくれ）

兄を恋う軽大郎女《かるのおおいらつめ》

君が往き　日《け》長くなりぬ　山たづの　迎へを行かむ　待つには待たじ

（あなたの旅も日数が経ちました。お迎えに参りましょう。これ以上待てません）（＊山たづのは枕言葉）

「逢《あ》えば恋しくなる、こころのなかになさけが湧《わ》きおこる。せめてこの歌など思う。未練がましい。もう二度と会うこともあるまい。お別れだ。」

いま陽子は信じている。この樹は、ふたりがここで語り合ったことも、ふたりの愛が真実であったことも、南の地でのまことの父と母の愛がここで語られたことも、そしてこの日の愛の記憶をしっかり残してくれると。

「兄さま、最後にわたくしを抱いてください。いまは恋人として。この樹、私たちの愛の記憶を千年も優しく宿《やど》してくれましょう。わたくしは、これから赴く地で何人もこどもを産み、父や母そして兄さまの愛の証《あか》しを残してまいります。」

二人はしばらく抱きあう。そして離れて左右に歩んでゆく。

［おわり］

Ⅳ 随想

ことばへの想い

身辺で折に触れて感じた詩文への私的随想、論考とは事を分けたものである

◆ことばの語りの力について。

ある詩人[*1]の研究会[*2]での事である。その際詩集[*3]から選んだ詩を朗読したが、読んでいる中に言葉が肉体に乗り移るというか、詩魂に憑かれるような感じになるという、若干詩想への思い入れがあったにせよ、得難い体験をした。それは後段で触れる「朗読・口誦」とも係わることだが、併せそこで話した内容についても触れてみたい。それは「語りの力」とでも言えよう。

その詩は、出羽三山で木食行を重ね、即身仏・木乃伊《みいら》となった上人が主題となっている。旱魃で荒れ果て一揆も弾圧された、北津軽の大地を救うべく、百姓たちの願を受け、自ら生命を差し出して仏となってゆく寂然とした上人の姿。それは美談や感動の枠を出て、酷薄ともいうべき様相、生身の人間の姿も投影される。

この作品には、上人の魂が詩人に乗り移って取り付き、肉声で言葉を吐きださせる、日本の風土や土俗というものが憑依した「語り部の呪力」的なものを感じるのである。

ここで「伝統詩歌の基調」とはなんだろう。さかのぼって考えるとこんな時代もあった。語り物を含む詩歌の流れのなかでは、古代は『万葉集』とか記紀歌謡など、聖も俗も併在したような形である。

その後、中世辺りから分岐して、最右翼は『古今和歌集』や『新古今和歌集』などの勅撰和歌集（二十一代集）に代表される「王朝系」のもの、そして対極には庶民の間に伝えられる、うたの「語り物」の系譜が生まれてくる。いわゆる口誦の文芸、『梁塵秘抄』、説教節、今様、祭文、瞽女歌、口説き等。

さらに後者の流れからは、近世の江戸期に入ってから、浄瑠璃（文楽／歌舞伎）、謡曲（能／後に純化される）、狂言、俳諧など、この国独特の多彩な文化が生まれており、それは現代でも脈々と生きている。また俗世では、浪花節、講談、落語、俗謡、河内音頭に至るまで、これらの面影は残っている。

これらは仏教の「唱導歌*4」など根底にはあるものの、理的なもので構成された観念から直接には距離をおく。そこに潜むものは、音調の粗放さ、卑俗さ、なかには残酷さを伴う俗謡ではあっても、「筋肉の力で逞しい」（萩原朔太郎の言葉）民衆の底辺に流れる「情念*5」で象った「語り」のエネルギーである。

そしてそれは、時として王朝風の流れのものが衰えると、マグマのように噴き出し、ときには交雑して詩歌の世界を潤してきた。ひるがえって抽象すれば、民族的風格を伴う常民の文化ともいえよう。

現代では王朝系に代わるものは、西欧文化であろうか。終戦後間もなく、日本の短詩形文学への第二芸術論の提起あり。近代的自我の確立や人間性の回復を謳う時代としては、日本的情念や情緒を「詩」の核とするのはできないという。だがこの点「絶対的」のものより、理《り》のうちに情《じょう》の包摂された、「相対的」な生き方をとる民族には、捨てられないのかも知れない。[*6]なお近松門左衛門は、江戸時代という近世の商業金融経済の下で生まれた男女の愛の悲劇を、この情《なさけ》を主題として芸術的領域まで高め止揚した詩劇作品を誕生させた。[*7]

西欧の「自然主義」一方それに対する「象徴主義」も、感性に重きを置くが、それは人間として、「絶対的」なものを指向する理想社会の形へのステップであり、日本人の根源に潜む相対的な情の世界とは、事を分けた観念かなとも思う。

庶民の培ったもので、とかく無視されがちだが、日本の伝統にはやはり「うた・語り」という情のエネルギーが秘められている。そしてこれは文芸に限ったことでもなく、たとえば絵画（日本画本流に対する浮世絵）の分野でもそうである。

これは決して愛執に浸り徒に空理を玩ぶことではない。人間の知恵を理で高みに昇華させる、そして営みの俗を情念で包み純化させる。数多くの先達詩人たちも取り上げてきた、伝統詩の延長上に現代詩の姿を求める。文語、音数律を失った今、「理」の思考のうえに、この国で培われてきた「情」を、どう取り込み融合させてゆくのか。

元に戻るが、語りの力というのは、どうして生まれるのか。それは語り手の魂がその体を離れ、主人公の魂に乗り移り、肉声で吐き出させる。トランス状態とまでは言わなくとも、憑依に近いのかも知れない。先述の研究会でこの詩を朗読したとき、口承文芸とはそういうものか、と思うことである。

それはまた「言挙げ」という神聖な言葉の呪力であり、この詩人の肉体には、土地風土の根底に流れる「語りの力」それは魔力といっていいかも知れない、なんというか詩魂のうねりが潜んでいるのであろう。

実際に風土に潜む土俗的な素材をもとにしながら、「人文的なもの」(萩原朔太郎の言葉)まで昇華させる、詩としての品格と風格を備えた冒頭の詩人の作品を知って、今後の詩の行く末を思い、感を新たにしたのである。

◆交配された混交語に感じること。

詩の会で他者の詩を朗読することがある。その折、聞き手がその詩を初めて聴く場合など、はてなと思うことがある。それはことに音読みの漢字のときがそうである。まとめていえば音(漢語)と訓(和語)、聴覚性と視覚性のことである。

念のため、日本語の「読む」という言葉は、声にだして読む(朗読・口誦・読誦)眼で読む(黙読)と区別がつかないが、ここでは「前者」のこととしよう。

朗読でも、普段は特別意識することもなく、なにげなく音訓交ぜて使っているが、そのおおかたは言葉として熟成している漢字熟語であり、または前後の文意の繋がりで理解できる。しかし稿なしの耳だけで朗読を聞くとき、音読みの漢字で同音の語（同音異義語）や、その他にも読みに迷うものなど、誤認したり理解できなかったりすることもある。これは同じ意味で短歌などについても言える。

これについて、係わりを持つものが、「漢語と和語、音と訓」についての問題である。前記の場合可能なものは、詩語を損なわない限り、臨機応変にその場で分かり易い訓読み*8（和語）*9に読み替えることがある。それでも、イントネーションやアクセントで区別するのも限りがあるし、字を眼で読まなければ解せないものもあり、語彙が豊富といえばそれ迄だが、なにかしらおやと思うこともある。

このわけは、日本では漢語*10を借用語として取り入れたが、日本語は「単語」にアクセントがあり、個々の「漢字」にアクセントを持つ漢語に対応できず、その本来の声調《せいちょう》の発音が根付かなかったという説を聞いたことがある。同音異義語の多い理由でもある。漢字はもともと表意文字なので、アクセントで聞き分けるにしても同音語が多いのは、宿命なのかもしれない。

試みに白居易の「長恨歌」の一節を、読み下し翻訳と和語の翻訳で比較してみよう。

（読み下し）漢語交り朗読文では理解困難
夕殿《せきでん》 蛍飛んで 思い悄然《しょうぜん》たり
孤燈《ことう》挑《かか》げ尽くして 未だ眠りを成さず
遅遅《ちち》たる鐘鼓《しょうこ》 初めて長き夜
耿耿《こうこう》たる星河《せいが》曙《あ》けんと欲する天
鴛鴦《えんおう》の瓦冷やかにして 霜華《そうか》重く
翡翠《ひすい》の衾《ふすま》寒くして 誰と与共《とも》にせん
悠悠《ゆうゆう》たる生死 別れて年を経たり
魂魄《こんぱく》曾《かつ》て来たりて夢にも入らず

（和語）全て訓読みの和語で創作
夕べの宮に蛍訪れ託《かこ》つ侘《わ》びしき思い
点《とも》し火の尽きても 眠り叶《かな》わず
緩《ゆる》りと時告げる鐘太鼓 長き夜は過ぎ
天の川瞬《また》き まさに空の明け行く
霜降り積み めをとの鴛鴦《おしどり》の瓦
肌寒き翡翠《かわせみ》の羽毛褥《しとね》に 誰とい寝んか
いのち遥かにして 年を経し遠き別れよ
今や亡きみ魂《たま》は 夢にも訪れず

◆その他思い浮かぶこと。

音と訓の読みを比べれば、朗読の場合は、例えば湧水とある場合、ゆうすい（音読）よりわきみず（訓読）と読む方が、聴き手側の感じが優しい。（聴覚性）だが文章構成の場合は、とくに黙読のためだけの文章のとき、音訓に拘《かかわ》らず表意*11の漢字で表現する方が、表音の仮名で記すより脳に届き易い。（視覚性）

また言葉の発想の際も、直ちに景の見える表意の漢字の方が、表音の仮名より頭の中で浮かび易いという利点もある。（漢字の原形は象形）

訓の側から漢字の使い方を見れば、例えば、「空（音　くう）」の字は、「そら・から・あ（く）」（常用漢字）と便法な訓読ができるが、更に意読からしては「むな（しい）」と読むこともあり、まことに融通無碍そのものである。一般に和語の方が、語感が柔らかいのは、モンスーン地帯の豊かな四季の中で培われた民族の繊細な感性[*12]かなと思うこともある。

なお妄想めくが、表意文字は見た瞬間に言葉が形として一括して脳に入るので、「感覚」に近い感じで直接受容される。一方表音文字は言葉を見てから脳で意味を構成しなければならぬので、「論理的」なステップを経ることになる。そんな言葉の受容の仕方で、民族の特性が生まれるのかも知れないとも想う。

近年有志の会で、六年掛けて「源氏物語」の原典講読をしたが、その際想ったこと。それは女手（女房文学）にしても、音訓読漢字の比較的多くない、和語仮名主体の作品ということである。だが続く平安後期、鎌倉時代を覗くと、『今昔物語』や『平家物語』など和漢混淆文の作品が完成して、「音訓」の融合が進み、これ以降江戸時代に至るまで、この系譜が続き日本語独自の熟成が進んだのを感じた。

自明のことながら、現代の日本では、多少のひずみはあるにせよ、文章ではこの表意（漢字）と表音（仮名）、読誦では音読（漢語）と訓読（和語）を巧みに使い分けている。逆に言えば、そのことは交配された現代日本語自体に混交語として矛盾を孕んでおり、千年かけて、両者を融合させてきたが、本質論としてそれが一体可能なのか。時によると、言葉の聴覚と視覚が一致しない状況をそのまま認めてゆくのか。など考えさせられる。

◆日本の韻律について。

前段の朗読の折、いつも気になるのが、音声がリズムというか調子に乗っているかどうかである。そのベースになっているのが「韻律[*13]（うた）」である。

それは具体的には、押韻と音律に分けられるが、一般には韻律という言葉で総称しよう。前者は近年試みられたことがあるが、いまだ確たるものに至っておらず（後記註）、一方後者の方は日本には古来から存在し、代表的なものが周知のように、音数律の五七・七五調といわれるものである。

後者は、前段でのべた王朝物や中世近世の語り物を経て、現代の俳句・短歌は勿論、唱歌・童謡や邦楽・民謡・演歌などの諸歌謡に至るまで、生き残っており、民族の血に脈々と流れているものであろうか。例えば能の謡曲も、謡の部分は七五の構成となっており、やはり本質は「うた」であろうし、狂言は科白であるからそうでもない。なお韻律については、先人の注目される本格的な詩論*14がある。

詩歌作品について、主眼を眼で読む文字表現におくのか、聞き手が稿を見ずとも朗読だけで通じる表現か。その価値を論ずるつもりはない。ここでは音律に触れたのだが、眼だけで読むもの、耳でも聞くもの、両方合わさったもの。どれも詩歌なのであり、どちらにそうあるべきだということはなかろう。

だが冒頭にも述べたが、できれば、聴くだけで理解でき、快く耳に響く言葉、しかも人間性の根底に触れるようなものを求めたいのである。それには、内在であれ外在であれ韻律的なものが求められる。

だが今の世、原稿を見ないで朗読だけで聞く限りでは、先述の音読みとも合わせ、気の毒な位、言葉が硬くて、内容まで含めれば難解朦朧、脳で消化できないことがしばしばある。実際この場合がかなり多いかと思う。かといって分かり易い優しいことばだけを使っても、詩想はともかくとして、「詩の言葉」になっているかは別な話である。

もしこれを求めるとすれば、多くの詩人たちが言っているように、やはり詩の根底には、

「うたう」（批判もあり、中には泣き節とも）というものがあり、それには韻律が大きな役割を果たすだろう。

前々段でも述べたが、近代的自我の確立や人間性の回復の理念を内包して、大正昭和には、新しい韻律[*15]（内在律）を求め、さまざまな試み[*16]がなされ、この国の叙情的な風土の感性を宿した詩人[*17]たちも登場した。

そして明治半ばから生まれた近代詩も、自然主義や浪漫主義の「新体詩」などを経て、定型律を抜け破調を唱導する「口語自由詩」の時代となり、前項の詩などの潮流を経て、戦後の「現代詩」の世代となった。なお後者についてはまたの機会に触れたい。

自己作品の例で恐縮だが、現代口語の七五調をベースにした童話劇『麦の穂[*18]』がある。詩歌を離れて劇という散文に近いものに、この音律を試みてみたが、独白はいいにしても、対話となると調子を抑えるのに今一つ工夫を要する。一方仕上がりを見ると、言葉の滑らかさというだけでなく、詩情を醸しだす手立てには一応なったように思う。

なお宮沢賢治には、七五調の律を踏んだ口語散文の童話が二編ある。現代では例を見ない瞠目すべき作品で、散文詩でもなく新たな散文形式の可能性も見えてくるようである。

（『北守将軍と三人兄弟の医者』『オツベルと象』）

さらに今一つ、朗読のときは、音調つまり抑揚、拍子、緩急などに加えて、とくに「間」について念頭に置かねばならない。なおこの間、無、空白などは、「日本の文化論」のなかで、独特なものとして取り上げられている。それは詩文でいえば「無言の意味」、朗読で言えば「零の韻律」とでも言おうか。単なる空白ではなく、「白地の空間」つまり目に見えない次文の予知、前後文の結び、象徴的役割など果たすものだろう。匿された韻律といってもいいかも知れない。

とにかく、韻律とは形式を整えるだけでなく、心の琴線に触れるものであり、現代の日本語で聞く人の耳に快い、どのような音調を求めてゆくのか。現代詩ではこの命題について、主流となる定型的なものはまだ見出し得ないが、伝統の韻律を止揚して新しい境地を開いてゆけるのか、あるいは内在律を秘めた現代の口誦が花開くのか。

とくに、後者には単純な法則はなく、作者自体の詩想を生む力によるであろうし、それは詩人に課せられた重いテーマであろう。少しでもこの懸案に向かって自覚し精進したいものである。

◆ことばの在りよう。

言葉の中身から少し離れて、この国でのその在りかたに話題を移してみよう。とにかく言葉は生きている、人を喜ばせ、悲しませ、驚かせ、従わせ、ときには命を奪うこともある。そして鍛え上げられ、成長し成熟し熟成する。

たとえば「さだめ」という言葉は、「きまり、傾向」の本来の意味から、「さだめなき世」など人生の無常はかなさを表現する語に育ち上がる。人間自体も、喃語《なんご》から始まって言語習得するように、言葉の過程を辿る。

口語自由詩になり、現在の日常語が「詩語」に育つのは時間と歴史を要するのだろうが、風土に美しい音韻の言葉を残してゆくことは、怠らないようにしてゆきたいものである。それは未来詩語・未来文体（折口信夫の言葉）である。

一方、言葉そのものに「溺れる」のではなく、「文体」で表現するのも忘れてはならないし、識者の曰く、人間は事実の羅列だけでは動かない。人を動機付けるには「強い情動を引き起こす物語」こそが必要なのだという先言も心に銘じたいものである。

言語の広い分野では、近代に入って、対応しやすい漢音の造語を利し、独自の日本語で、社会・経済・文化・技術の面で近代化を遂げた。東アジアの国で驚嘆する向きもあったとも聞くが、将来も限界なくゆけるであろうか。

明治以降昭和に至るまで、度々漢字廃止論つまり日本語の表音化、ローマ字や仮名文字による表記化の動きがあった。だが識字率*19自体は、過去も現在も日本は高水準にあり、言語表現に痛痒を感じないので沙汰止みになっている。

とくに近年はワープロ始め電子機器の発達で、視覚の分野、文章とくに漢字の読み書きが容易になって隘路が解消され、また他国語の間とも翻訳機能など進み、当面はこのままの形で進んでゆくのであろう。立場を変えて考えてみれば、複合言語として辿ってきたもの、表現文字と口誦言語の諸分野、とくに口誦のともなう詩歌の世界では、現代日本語の矛盾や葛藤を克服する力が、逆に言葉の活性化の素地になるのかとも思う。

ここでわが国で培われてきた詩歌の分野から、近世には、俳句・短歌・詩など言葉の結晶が生まれた。ここで最近俳句について、ある老詩人へ宛てた文があり、参考まで付記しておく。

俳句を嗜む老詩人への手紙

前略　この前のお便りでは、詩人と詩想と詩情の底知れぬ深さについて、学ばせて頂きました。そしてまずその中で出てくる「抒情」という言葉を思い浮かべ、それはたいへん貴い価値ある言葉ですが、その辺り俳句はどうなのだろうと考えてみました。また「俳人」という生身の体を持つもの、それと句作というものの係わりがあるのかないのか、人間である以上その辺も頭に浮かべてみたいとも思いました。

小生も句歴では長いばかりで愚生の分野ですが、その二つを考える前に、俳句という詩型を形作っている体系は、いったいどうなっているのか、考えを回《めぐ》らせてみました。以下私見ですが、

(イ)　句を醸しだす外的触媒として、風物、季節、地理、気候、

(ロ)　句の生まれる場として、日常、暮らし、営み、家庭、仕事、

(ハ)　句の詩想を生み出す礎石として、知識、体験、伝承、歴史、思想、

(ニ)　句の多彩な表現方法として、比喩、隠喩、擬人化、韻律、

(ホ)　句以前に不可避の実存的存在として、性、肉体、年齢、

(ヘ)　認知するために行うには、文字化、黙読、朗誦、歌う、

(ト)　俳人の眼の立場からは、全くの第三者、自己を客観視、自己のみの主観、

＊自己詠の人事句は別な機会に改めて考察。

先ず今述べた「抒情」とは〝感情を述べ表すこと〟と辞書にはあり、俳句もそのカテゴリーで、一見そうかなとも感じますが、やや思案に落ちない気もします。

そこで改めて考えれば、俳句の真髄は作者の魂に今眠っている詩の結晶を産《う》み出すことにあり、それは**前掲**(イ)(ロ)(ハ)を触媒にして**前掲**(ニ)の「詩的比喩」で成り合います。

比喩の甲羅を纏った句体であり、従って情緒的な言葉を連ねた表現の手立てを指すものではなく、抒情そのものは、「詩想の一端」であると思います。

次に句を詠む人「俳人」という立場からみればどうなのか。詩想の進化に立ちはだかるもの、とくに**前掲**(ホ)の逃れられぬ人生黄昏の時と、どう向き合いどう克服したらいいのでしょうか。

それは、句を生み出すのは俳人の眼を通してであり、**前掲**(ヘ)を経て具象化されます。時間特に歳月というものを克服するにはその眼を、**前掲**(ト)の自己客観視または第三者の立場にすれば、句心の落潮、衰退などとは無縁な境地になろうと思うことでした。

以上俳人でもある先生に、感じた事を述べさせて頂きました。「詩想」による展開は詩も同じですが、短詩形の象徴的な比喩表現も一つの形式――事象に仮託し制約された緊張感をもって一つの器に凝縮された美的表現として詩でも首肯できるものとも思います。

この文を認める時、〃去年今年貫く棒の如きもの〃という虚子先生の句を思い浮かべておりました。ますますのご健筆ご健吟をお祈りいたします。

晴彦拝

◆この世の摂理を感受する人は。

最後にそんな虚実入り混じった世界から束の間解放され、自分を確かめるため、夢想めいた時を過ごすことがある。言霊《ことだま》という言い伝えが浮かんでくるのである。

この言葉の持つ本来の意味は言葉の魂ばかりでなくその力も表すものだが、たしかにそんなとき、沢山の本からその「気」が立ち昇って来るような気分に囚《とら》われる。それは創作に心血を注いだ作者の念力が伝わってくるのかとも思われる。

そこで全く想いは飛ぶが、この世界には、大気の層とは別な次元に、何千年も人の営んできた意識の層「気の層」があるような気がする。そこにあるものは有情のもの、愛憎、哀歓、苦楽、生死、生滅、いのちあるものに、伴うものかも知れない。

また連想は飛躍するが、このようなものを肉体つまり、生き身で受ける人がいるかとも想うのである。かっては憑依することによって、啓示というか、その気を受けることのできる人がいた。それは言葉を介してである。古代では、この国の卑弥呼、ギリシアのデルフォイの巫女のように、その託宣はいわば原始の詩のようなものであったろう。そして社会が進化するにつれて、その姿はときに現れときに消えてゆく。（アニミズム的共感覚）

いま述べたように、情報化の時代、虚実入り混じり近代化された社会では、とくにこのような人間の始原的な感性が失われていようが、全く次元の違う世界に住み、しかし来るべき世の破滅的のものに警鐘を鳴らし、覚醒を促す、このような人が、この世でも存在していると思う。そして現代でそれを知らしめるものは、数多あろうが、やはり目で読むもの、それは「文」、そして世に広く伝えてくれるものは、「言葉、書物、本」と「声」であろう。

同郷の今はなき石牟礼道子氏の作品の中で、この世に生きる人間の心の痛みを詠う俳句に感性を打たれた。それは季語に囚われず、感じるもの、歴史に生きるよすがを示すものである。（掲句）

現代社会の近代化には光と影がある。そしてその影、負の業《ごう》を背負い、この世に啓示を与える人。その人は、単に憑依する人というのではなく、現実と歴史と未来の重みをその肉体そのものに感受する人ではないかと思う。

祈るべき天とおもえど天の病む
のぞけばまだ現世ならむか天の洞《うろ》
わが湖《うみ》の破魔鏡《はまきょう》爆裂す劣化ウランとか
花ふぶき生死《しょうじ》のはては知らざりき
極微のものら幾億往きし草の径《みち》

さくらさくらわが不知火はひかり凪
ことばなきは豊けし幾億の昔来る
地《つち》の記憶あしのうらに来るなれど
素裸《すはだか》のみみずよ地割れの太鼓鳴る
向きあえば仏もわれもひとりかな

（『石牟礼道子全句集』より）

さらに付け加えるならば、ここで述べたことは、俗の力、社会の底辺にある庶民の力であり、それは「冒頭に挙げた詩」に象徴されるような「語りの力」によるものであると信じよう。

山川草木、生きとし生けるもの、水の惑星の地球では皆息づいている。そのいのちの声は聞こえてくる。その声のなかで、人だけに与えられた「言葉」、箴言《しんげん》によればそれは神の摂理であろう。そして今まで述べてきたことは、自身への自戒の言葉でもある。

そんな様々な思いを抱えながら筆を擱きたい。

後注

196 *1 鳴海英吉（1923〜2000）中国戦線、シベリア抑留、左翼活動、演劇文化活動、のち日蓮宗不受不施派の研究。日本の風土に根差した民衆の詩人。父上は無声映画の活動弁士で当時の花形スター。

*2 コールサック社主催で二〇〇四年から二〇一四年まで七回に渉って「鳴海英吉研究会」。

*3 ここに挙げた作品は、『鳴海英吉全詩集』（二〇〇二年　本田企画刊）掲出の「木食ひじり」を指す。

197 *4 うたの語り物は中世の仏教の唱導歌（仏の教えを唱え人を導く）以来、宗教的色彩も帯びている。平曲（平家物語）は、聖と俗のあいだに在る。

*5 森鷗外の『山椒大夫』は老残の母との邂逅が結末であり、端正な文体の純文学の作品である。一方原本の説教節は生き埋めにした大夫の首を息子に竹の鋸で引かせる場面などもあり、語りの情念で人間のありのままの姿を描出している。

198 *6 詩・「弁証法と和の心」より抄　〝西欧米は進歩の弁証法　正反合の対立矛盾止揚の知と理ことわり／日本はとにかく和の情なさけ　絶対と相対の好対照／明治は革命でなく維新なの　中国代わり西欧文明有り難山／明治大正昭和の半ば迄　知と理の弁証法　鳴呼哲学青年デカンショ節（デカルト、カント、ショーペンハウエル）／だが芸術芸能は　相対和の力　明治元年一八六八年大口開けて　化け物めいて逞し咀嚼　日本画洋画みんないい　団十郎の活歴芝居　新劇築地の小劇場／英国でもシェイクスピア劇団生きている／日本では能狂言や文楽　歌舞伎も現役　七五の歌もバリバリ盛ん／和をもって貴しと

なす　文化の泉　歴史に続く和の心　芸術芸能花と咲く　良きかな　良きかな〟

*7 主に七五調音律の唄語り浄瑠璃は人形芝居と結びついて、「浄瑠璃芝居（文楽）」となった。余話だが、近世半ばの時代、所謂世話物という近松門左衛門の人間模様を描く詩劇作品は、近代写実主義演劇の魁。作品は、現代に場を移しても違和感がない。（韻を踏む作品のシェイクスピアは近松の約九十年前）

200

*8 訓読みとは漢字の意味に基づいて訳した「和語」という「翻訳語」を指す。（通常は「常用漢字表」の読み方）逆に言い換えれば、日常語の和語に「表意文字」としての漢字を借用し当てはめたもの。複数難読誤読の恐れあるとき、「翻訳語」として振仮名を付する。

*9 和語は元々日本にあった固有の言葉で訓の読み、漢語は中国伝来の外来語で音の読み。辞典の見出しでは、漢語の比率が五割を超えているとも聞くが、頷ける。

*10 文字の本来は漢字（真名）、当時「仮名」は仮の文字、その後日本独自の表音文字として認知。（万葉仮名・真仮名／草仮名／平仮名・片仮名の過程）以降「文字」は漢字仮名の二本建て、「口誦」は漢字の漢音・和音・仮名音の三本建てとなる。

201

*11 言語は原初文字の無い時代、耳で聴く音だけの世界。一方文字は最初の象形文字は絵で「物語的」、表意文字は形で「意味的」な事を示し、音との繋がりは間接的。その後表音文字が出現、音と字は一致。だが人間の脳が進化すると、音読から離れ眼だけで読む黙読が生まれる。聴覚文明、視覚文明（九鬼周造）。ネットの絵文字の例。

202

*12 ある説。左脳は言語的思考、右脳はそれ以外の直感創造芸術的知覚だが、日本語が「母語」の人は、虫の音や動物の鳴き声など自然界の音を「言語脳」で聞く。（西欧等では右脳で雑音）「自然」も人の営みに包摂されそれを「音」でなく「声」とする感性は、理性

と感性と自然の調和という日本独特の文化を生む。（『日本人の脳』角田忠信）

203 ＊13 押韻とは同種音を定位置に置き反復し響きを調和させる、律は規則ある音。「アクセント」は音の強弱・高低・長短。「イントネーション」は文章全体の強弱、抑揚。「平仄」は漢字の四声の平声・仄声。（上・去・入）。

204 ＊14 『詩的リズム』菅谷規矩雄、『言語にとって美とはなにか』吉本隆明。

205 ＊15 韻律について、萩原朔太郎は詩集『青猫』の附録「自由詩のリズムに就て」で、「心内の節奏」即ち「内在律」という自由詩の哲学を唱える。

＊16 押韻について中村真一郎、加藤周一、福永武彦などは『マチネ・ポエティク詩集』（昭23）で定型押韻詩を試み、これに三好達治は否定的な評価をする。九鬼周三は「日本詩の押韻」で、伝統詩を含む邦詩のなかに押韻を探る。折口信夫は「詩語としての日本語」で詩語への練熟未だの生活力の日常語が詩語に成長する未来詩語・未来文体を想定する。

＊17 詩誌「四季」（昭8）の詩人　堀辰雄・室生犀星・中原中也・三好達治・丸山薫、立原道造・伊東静雄・田中冬二etc.、「象徴主義」の詩人　上田敏・薄田泣菫・蒲原有明・日夏耿之介・北原白秋・三木露風・高村光太郎・萩原朔太郎・西条八十・金子光晴etc.。大正以降の他詩流　民衆詩派、モダニズム、未来派、表現派、ダダイズム・シュルレアリスム、詩誌歴程・詩誌荒地etc.。

＊18 一時喜劇は散文で書かれると言われていた。だがモリエール（仏）はアレクサンドランという音節リズムの定型行で書き、イェイツ（愛蘭《アイルランド》）はファルス（狂言）「三月の丸い月」をブランクヴァース（弱強五脚）で書いている。また作者と同じ出自熊本の木下順二は、沙翁《シェイクスピア》を初めとして詩劇を追求したが、要素の一つとして愛蘭の詩人・劇作家

が着目した民話性を重視し、更に劇作家シングに習い、方言を詩劇構造として展開、喜劇には狂言役者を起用した。一方本作者は詩劇に民話性ではなく童話性を導入し、更に新たに七五調リズムの音楽性を乗せ、民話と方言から離れた新たな詩劇を創造した。この詩劇性に七五調の韻律を使用したのは画期的であり、日本の所謂戦後期（第二芸術論）による、詩歌戯曲のレベルの落ち込みを補うもので特筆される。童話劇『麦の穂』は沙翁喜劇の様に悲喜劇性を持ちつつ、最後は結婚というハッピー《祝祭》エンドで終わる喜劇であるが、構成する童話性と七五調の音楽性は、民話や方言の散文詩劇とは距離を置くユニークな試みの劇作品である。（PANDORA vi 2021/03 評言　詩人　水崎野里子）

208

＊19 人口三千万人程の江戸末期には、教育機関として藩校、民間の私塾（寺子屋）があり、とくに後者は全国では一万五千を超え（日本教育史資料）、世界でも識字率は高水準にあった。日本ユネスコ協会連盟では途上国の教育支援で「世界寺子屋運動」を展開。

Ⅴ 滴滴

余話・評言・詩歌・写真他

「麦の穂」余話

この作品ができ上がる頃、電力会社から配電盤《はいでんばん》の検査員が訪れた。リビングの壁に掛けられた盤を開けたら、約厚5cm幅25cmの中に、木乃伊《みいら》になった鼠《ねずみ》が、しっかり張りついていた。検査員も、小さな闖入者《ちんにゅうしゃ》の出現に首を傾げていた。

澄んだ二つの眼、尖った耳、か細い足、綺麗《きれい》な尻尾が、何とも言えず、美しい枯れた姿でそのまま残っていた。ここに住んで半世紀近くになるが、ついぞ鼠のいる気配など感じたことがないし、姿も見たことがない。

作品の主人公が訪れて来て、部屋の上から作稿を励まして呉れていたのだな、と思い嬉しくなった。お礼と感謝の気持が湧き、庭の黄葉《もみじ》の樹の根方に、合掌《がっしょう》して祈り葬ってあげた。不思議な出来事であった。


〈後記〉図書新聞で文芸評論家　志村有弘氏に評を頂く。↓222頁

「姫サラの木」余話

世田谷区から多摩川を越えて、川崎市の山の手多摩区。小田急線「読売ランド前駅」南口の西生田「ひばりが丘」を想定。駅北側は、生田、日本女子大やよみうりランドに続く「広大な森」が連なる。かつては天の川銀河を仰ぎ見、関東平野の筑波《つくば》山《さん》を望んだ。東隣は小説「夕べの雲」（庄野潤三著）、生田の丘の舞台である。

主人公「シロ」は、放し飼いの庭で十四歳の生涯を送る。時々庭の垣根を越えて抜け出し、朝通勤の家族を駅のホームまで見送って帰るなど、まだ昭和の長閑《のどか》な時代であった。近くの狸と共に作材となるが（写真）今ものこる谷戸《やと》には、まだ狸の親子が住んでいる。

作品契機は、親子狸との出会い。また夜道端に子狸が待っていて、家迄送られ励まされた。結婚式の場面は、日本女子大（西生田）の森想定。自身の半生も投影。

岸部児童劇で劇化され、後記写真はその場面である。

↓222頁

地域密着オリジナル作品を上演します

川崎市　多摩市民館

IKUTAアクターズスタジオ

☆こちらをご覧ください

By kishibe-tetsuo | 2019年12月8日 | コメントはまだありません

姫サラの木

（ちっちゃい演劇フェスティバル２０１９参加作品）

作　岡山晴彦

脚本　岸部知佐子

脚色　岸部哲郎

図書新聞３３６２号（２０１８／８／４）時評　同人誌pegada

岡山晴彦の友情の絆を綴る童話劇

最初に岡山晴彦の戯曲童話「今様お伽噺　麦の穂」（pegada第19号）を紹介したい。登場するのは山に住むネズミ（ネズ吉）、町に住む三匹のネズミ、老猫の虎三、その猫を飼っている母と少年春夫。春夫の父は七年前の大地震で死に、祖父は行方不明。ネズ吉は粉挽き小屋に住む又六爺から、貨物電車で町へ行くことを教えられ、町で三匹のネズミと出会う。自分を救い養ってくれた春夫母子に恩返しを願う虎三の頼みで、春夫母子に春夫の父の焼き物の備忘録『鼠志野』や野菜の種を届け、ネズ子を嫁として山へ帰るという内容。記憶喪失の又六爺が春夫の祖父であることも示され、廃校に住むネズミが「友情の絆」という言葉を使う。登場するネズミだけでなく、人間も全て心優しい。一方町の廃校の寂しさもあり、今はやりの「忖度」の言葉も見える。震災の傷を随所に示す哀しい作品でもあるが、心温まる力作。

（文芸評論家　相模女子大学名誉教授　志村有弘）

「愛の記憶」余話

作品のなかで千鳥ヶ淵の場面と「戦没者墓苑《せんぼつしゃぼえん》」への対話あり。創作の途次墓苑に詣で、御製歌碑《ぎょせいかひ》の裏面を見たとき、建立日《こんりゅうび》（開苑日）が「昭和三十四年三月二十八日」とあるのに気が付く。開設年は別としてその日は、正しくわたしの生月日である。偶然だが啓示《けいじ》に与かったものとして、その場で謝意を捧げる。

この一帯は、靖国神社・桜田門・宮城等日本の近代史の象徴である。別作戯曲「石橋の伝説・大川心中物語」（日本劇作家協会・戯曲デジタルアーカイブ公開作品・早大演劇博物館収録）に、昭和に生きた孤独な男女の時代への挽歌《ばんか》と新生の予感の場面で登場する。

なお昭和二十年代後半、居住の月島から大学への通学路線は、都電で築地銀座九段坂上経由で坂上乗換、そこの千鳥ヶ淵の桜並木はまだ幼木、空腹で道草昼寝の憶出有。築地では旧歌舞伎座に通う。作品終場面は、川崎市多摩区「生田緑地」メタセコイアの森を想定。

詩集『影の眼』より四編

百の目

煉瓦の醸造場は廃墟《はいきょ》　当家の主人は放心の態で
天を仰いでいる　隣は戦災復興の祝典さなか
火の見櫓の万国旗には市場原理の兆し

やがて　乞食の行列だ　の声　首には頭陀《ずだ》袋
七福神のようにさんざめき　干乾びた雀を
ふところに愛しむ狂女　恩義を受けた旦那様へ
目玉模様の美麗な尾羽根[*1]を捧げ来る

その日　三年坂[*2]の物陰で見たこと　それは
小さなこころに密かに埋もれていった

巨大な裁断機に砕かれる　高貴な襤褸《らんる》への憧憬《しょうけい》
街路の青桐の焦げた肌は癒《いや》され
褪《あ》せる戦禍の記憶　廃墟を駆け抜け　少年は

その後熾烈《しれつ》な市場原理の百の目に囲まれていった

心の風景は夢に生れ変ってゆく
あのときの廃墟と　密かに見た孔雀の片影
眼裏《まなうら》に浮かぶ　広がる尾羽根に鏤められた目よ

夢の夢こそ憐《あわ》れなれ　鐘の消えた鉄の櫓《やぐら》に
醗酵菌《はっこうきん》漂い　眠りのなかで熟成する老いた少年
今は　百の目から解き放たれたのか

＊1　希臘《ギリシャ》神話、百の目の怪物アルゴスは殺され、その目は孔雀の尾羽に鏤められた。
＊2　転ぶと三年以内の死、迷信の坂、各地あり。

日照雨《そばえ》*

狐に摘まれたように明るい
生田の丘に　音もなく雨は降り続ける
滴を落とす桜の大樹

おもしろうてやがてかなしき
縄文の磐笛《いわぶえ》の音色のようなものが——

不定形な記憶の表出
丘から見える高層ビルの麓に
決して心中などせぬ
ベートーベン愛好家の娼婦《しょうふ》がいた筈だ

自然はときに戯《そば》い
時を立ち止まらせ営みを塞き止め
光と雨の洗礼を人に授ける

秘められた意識も

そばえ　ひなたあめ　きつねあめ

開発された丘の　狐の嫁入りの悲しげな残影
娼婦は日向雨《ひなたあめ》の精であったかも知れぬ

止まった時間は大きな舟の帆
人の心の風景や軌跡を一杯に投影し
ともづなを解き時空の外へ向けて発ってゆく

*日が差しているのに降る雨、名詞形「戯《そば》ふ」この時狐の嫁入りがあるという。

影の眼

日照り雨が過ぎてゆく
池に浮かぶ花蓴菜《じゅんさい》に
水滴の玉がひとつ止まっている

谷戸《やと》の日影に
群れ咲いている藪萱草《やぶかんぞう》あり
忘れ草*と名づけた　離愁の人

水鏡に映るものあり
影が水の中を　すいとおちてゆく

底の泥に写る　二重の影
私にもう一つ　影の眼が生まれ
谷戸の木叢から風が湧く　何も出てこない

蚯蚓《みみず》鳴く　本当に鳴いている
榛《はん》の木の下に
鳥の卵がおちている
なぜだか　無精卵ときめつける

忘れ草の近くに　ぱらぱらと
散らばっている　いのちのかけら

雲散霧消《うんさんむしょう》とは悲しい言葉
ここはけもの路
ゆるゆると水も匂ってきましょう
草蜘蛛や蝶の骸《むくろ》の軽きこと

*この草を身につけると憂いや恋しい人のことも忘れられる言い伝え

アトモスフィア

丘に鳴る風　天を放浪するような
響きはアトモスフィアの仕業
そいつは伝説を生む　いま　緯度経度
地球儀の針の先ほどの丘の一点で
それから拵えた　季節風のメルヘンを食べている

風狂な咀嚼感《そしゃくかん》　何と懲《こ》りない日々なのか
時じくの木の実と陵《みささぎ》の前の大粒の涙
風船爆弾と軍国少年の喝采《かっさい》

循環する気流に乗って
人々は果てしない空想の朝餉《あさげ》を食べ
夕べには　現実の汚泥《おでい》を排泄《はいせつ》する

長い波長のアトモスフィア

この世に何で悲しみがありましょう
交響し合う　田園の風物
薬草も毒草も一緒に茎を伸ばしている

だから今日のおのれを胡乱《うろん》な人と思うまい
振り返れば　心は神話の岩になる

ピッチャーが天に幻滅の球を投げ返している
進む時空にも揺れぬ私
風が舞う　丘陵に潜んでいる無名の鼓笛隊
楽想に陶酔しないうちに
空を仰いで朝の懺悔《ざんげ》をすることにしよう

いくさの日

『大空襲三一〇人詩集』掲載作品（コールサック社）

Ⅰ　夜近くの変電所通りを走る　母妹と手をつなぎ　周りは火の海　父は仕事でまだデパートに在店　ザーッと焼夷弾《しょういだん》の落下音　火の雨　辿りついた帯山練兵場で炎の環に囲まれ　水に濡らした防空頭巾で叩き消す　近くの少女が直撃で片腕を失う　不発その生贄《いけにえ》で助かったのだ

　翌朝から丸一日　排水溝にかくれて過ごす　爆撃を受けなかった民家を訪ね食物を乞《こ》うが冷たくあしらわれる　防火活動をしなかったという口振りだがあの猛火では無理だ　二軒目では大変でしたねと労わられ　赤麦のお握りを振る舞われる　母が涙を流して「ありがとうございます」と礼を言う　われを忘れ腹を満たす　いくさより怖ろしい飢《う》え　いかなる言葉もこの一言に込められた思いには及ぶまい

焼け野原を歩く　目鼻の痕跡《こんせき》を僅かに止めた黒焦げの物体が横たわる　ぶすぶすとくすぶり　肉塊の焦げた匂い　夏の盛りに早死臭が漂いはじめている　だがそれは私には只の情景　遺体を拝みもせず　悲しみ　恐ろしさ　怒りも湧かなかった　また死という事を考えもしなかった　意識の内にあるのは　正直己が助かったということ丈だった

▽いくさは少年に無感動という仮面を被せた　魂を失くす　それはとめどもない相対の感性への埋没　己も無機物の存在に　真の悲劇とは△

自宅に向かって歩く　変わらぬ姿の阿蘇連峰　だが〝国破れて山河在り〟の詩境とは程遠い　灰だけの家の焼け跡に立ち尽くす　防空壕《ぼうくうごう》のなかには家族の写真だけが残されていた

Ⅱ　昼日中橋を狙って　黒い爆弾が落される　九州上陸作戦への輸《ゆ》送網《そうもう》切断　ヒューヒュー鳴る風で真上のときは安心だが数秒は肝《きも》が縮む　ズシンと腹に響く音　いのちへの思い

　橋の近く寄宿先の川端町祇園橋で深い眠り　突然目の前が真っ赤になり　畳ごと吹き上げられる一瞬フイルムが巻き戻される様に　十数年の過去の残像が脳裏《のうり》を走る　柱に無数の爆弾の破片　幸い命助かり硝子に埋れる床を裸足《はだし》で脱出する

　学校の焼け跡で　グラマン戦闘機に襲われる低空飛行の機銃掃射　防空壕に飛び込む　県立熊本中学の象徴　石柱の校門に火花が散る　射手の顔　銃が欲しい　敵軍上陸に徹底抗戦　訓練用の木銃を担ぎ行進　前から来たら拳でエイ　後ろから襲われたら肘でヤッ　遠足は行軍という也　旧制中学一年のとき

八月　広島・長崎に新型爆弾の新聞見出し　絶対次元の破滅　その惨状《さんじょう》は知る由もない　数日後中学の隣の民家で終戦の詔勅《しょうちょく》を聴く　雑音で放送が聞きとり難い　無条件降伏らしい　神風は吹かなかったと　ひぐらしの声

▽核は一般市民の大量殺戮《さつりく》と後遺症《こういしょう》　兵器の域を超えた存在だ　早期完成したら　同じ枢軸国《すうじくこく》の西欧独にも投下したか　立場変え　日本で核開発が完成したら使用しなかったか△

寄宿先に帰ったその日　近くの祇園橋付近で人々が不安げに語り合っていた　中に明日にでも恐ろしい占領軍が来るかも知れない　難を避け女子供は近くの金峰山の山中に退避しようと相談している人たちもいた

石橋の声

2004「国民文化祭」受賞作品

木槿《むくげ》の花の散る昼どき
石匠館《せきしょうかん》＊1の辺りで
初老の男性と会う　無言の会釈《えしゃく》　農作業の姿で
掘りだしたばかりの新生姜《しょうが》を差しだされる

館のわきには　H家一族の石碑
幕末から明治の初めに　近代化＊2の礎《いしずえ》となり
光芒《こうぼう》を放った　種山石工集団＊3
銘文　元土木寮測量司　勘五郎
七十六歳　明治三十一年没

石工は黙々と石を積む
橋の力学　和語では迫《せり》持ち
天辺のかなめの石が軋む
長大なアーチが　重力の限り支えあう
腰をかがめる姿は祈りとも

館を出て　細道に分け入る
山仕事で踏みかためた足あと
苔むした小さな石橋
天然の一造作のように溶けこんでいる
名匠勘五郎晩年の作　自然石の橋だ

最後の石を打ちこみ　木枠を解く
棟梁《とうりょう》は息をこらす
もしくずれ落ちれば自刃することさえ
指の節くれの語る　あまたの難工事

去来する思いを石塊《いしくれ》に移し
老いた匠《たくみ》は素朴な沢の石を積む

私の中に　生の重みが充ち軋み止まる
張りつめた力感と量感に支えられ
屹立《きつりつ》してゆく心の橋
対岸からしきりに秋蟬が鳴く
頓《やが》て死ぬけしきは見えず蟬の声
芭蕉の句を思う　いのちの今を生きるのだ

土地神話が吹き荒れたあたり
東京で架けた石橋はもう跡形もない

種山郷にのこる石橋群に秋の気配が満ちてくる
悠久の阿蘇山の吐く　凝灰岩《ぎょうかいがん》の石積み
橋脚を吹きぬけてゆく風　今日は八朔《はっさく》
飛ぶ鳥は西方の不知火《しらぬい》の海を目指しているのか

お会いした穏やかな面持ちの方は
H家のご当主という　生姜をおさめた
リュックから微かに畑の土の香りがしていた

＊1　石匠館　熊本県の東陽町にある歴史資料館。
＊2　東京は旧日本橋他架橋、地元熊本は通潤橋等。
＊3　同族三五郎は薩摩で築橋水利工事（記念公園）
『岡山晴彦戯曲作品集』で登場。

うた三十首

路地裏に花舗《かほ》の灯れる寒の明け明日店頭《てんとう》の花を想ひぬ
美《うま》し国祈るがごとく春光に埴輪《はにわ》の巫女《みこ》のおもて耀《かがよ》へり
鳴り止まぬ五重の塔の風鐸《ふうたく》よ渡り来し胡沙《こさ》果つる日でありしか
春嵐ひかりとかげの際立ちて万華鏡《まんげきょう》のやうにひと日過ぎゆく
法隆寺の千年を経し糞掃衣《ふんぞうえ》ほぐれし糸に麻のさま見ゆ
日光と月光菩薩のあひに立ち施無畏《せむい》の二手に慈悲を戴く
火の色の走る窯変《ようへん》伊邪那美《いざなみ》の死の神話など夢想してゐたり
なんとなく人をいとひて青い目の人形と港の風車《ふうしゃ》に会ひにゆく
知盛《とももり》の仕舞《しまい》切り裂く朧《おぼろ》の夜薪《たきぎ》の能はたけなはにして
姉弟子と初日に訪ひし華道展亡き師の面影を花々に見ぬ
若葉風吹く頃父に似しといふ笑ひ閻魔《えんま》を訪ねゆきたり
蜂の来るまゆみ花散る聖《せい》五月女王の卵耀《かがや》きていむや
翡翠《かわせみ》の嘴《くちばし》上ぐる天の声未知なるものの美しとおもふ日
倒木の梅雨茸《つゆたけ》白く光りゐてしめやかに生くるいのちを思ふ
さんさんと夕立降る日に童形《どうぎょう》のたましひをもて目瞑《つむ》りをり

薄暑はや襟足《えりあし》直す君のゐて吹き抜けの間に白檀《びゃくだん》の香仄《ほの》と
さまざまの祈りを見きや狛犬《こまいぬ》のまなじり伝ひ梅雨は滂沱《ぼうだ》と
柘榴《ざくろ》の実われは血と言ひ彼の女《ひと》はルビーと呟くその唇よ
白地着る天衣無縫《てんいむほう》の心地して娑婆《しゃば》と浮世のはざまを歩く
戦災潜《くぐ》りし写真セピアに十六歳の山田五十鈴と並ぶ乳飲み児のわれ
日舞の師懐《なつ》かしみつつ献上博多《けんじょうはかた》きりりと締めて踊りの輪に入る
パリーンと夜の声あれは三日月の落ちる音ですよと母さんの声
噴《ふ》き上げははや冬の色ベンチにて修道院に入りし文読むわれは
たまさかに逢ひしことへの悔い振り捨てつ光る冬芽に跪《ひざまず》くとき
枯れ果てし蝶の骸《むくろ》の軽きこと草蜘蛛の糸幽《かす》か揺れたり
霜《しも》踏みて仰ぐ北斗や曽根崎《そねざき》の道行《みちゆき》のうた口遊《ずさ》みをり
自傷《じしょう》にも似し心地《ここち》にて小《こ》六月柊《ひいらぎ》の尖りに触れゐるわれは
路地を抜けヒカリノミチに残す影降誕祭《こうたんさい》へいそぎ歩めり
師走かなあたたかき手とつめたき手嬉しきことも悲しきことも
老師撞《つ》く鐘の音に湧く歌ごころ煩悩《ぼんのう》百八つ浄《きよ》めゆきたり

防空壕で生き残った写真

日本の映画製作の原点ともいわれる京都の「日活太秦撮影所」。
昭和八年十月（1933／10）。中央に立つ 山田五十鈴（十六歳）氏。
左方は母に抱かれた筆者（生後六ヶ月余）。他にも写真あり。
七十歳の時、生後半年の写真と判明し啓発され、現代詩に加え、
文芸指向の戯曲の創作始。（旧制中の先達／木下順二氏に私淑）
のち山田五十鈴氏は、女優として初の文化勲章を受賞。（2000年）

明治の半ば創立の基督教系幼稚園（熊本市）戦前の卒園写真。
宣教師の米国人女性園長は開戦により帰国、著者は前二列左二人目。

ひとひととせ——あとがきにかえて

育《はぐく》みて文を己に淑気《しゅくき》かな
江の島に初日初富士贅《ぜい》尽くし
それぞれの白さで立ちぬ一輪草《いちりんそう》
荒東風《あらごち》やシテ声高き野外能《やがいのう》
佐保姫《さほひめ》や木の洞《うろ》こそと覗きみて
地下足袋《ちかたび》の古老大笑蕗の薹《ふきのとう》
呵々大笑《かかたいしょう》許されてをり花の寺
鳥獣《けもの》森の祭りのごと交《さか》る
おほどかなダムのサイレン山笑ふ
花菜《はなな》買ひ魚屋に寄る夕間暮《ゆうまぐれ》

俳誌「椋」掲載句より

パンのみで過ごせしひと日麦の秋
万緑《ばんりょく》や旗とマーチと行進と
狛犬《こまいぬ》の瞼《まなぶた》伝ひ梅雨滂沱《ぼうだ》
母の日や裳裾《もすそ》豊かに唐《とう》の俑《よう》
えご散るや心許《もと》なきハケの道
母を呼ぶ声谺《こだま》して合歓《ねむ》の花
宿《やど》り木の長ける里山青時雨《あおしぐれ》
嗣治《つぐはる》のいくさ絵を見る巴里《パリ》祭
緑さすもっとも小《ち》さき皇女《みこ》の墓
旅果ての海月《くらげ》の群るる潮位標《ちょういひょう》

うら道に絵《え》空事《そらごと》めく尾花かな
姫の名の小《こ》振《ぶ》りの南瓜《かぼちゃ》手に余し
十六夜《いざよい》の道に影ある歩みかな
人恋うて歩み通しぬ鰯《いわし》雲《ぐも》
花の種床にこぼるる秋思《しゅうし》かな
奔《ほん》馬《ば》像《ぞう》芝生に秋の影を曳く
梨の実の豊《ゆた》けき臍《へそ》の窪《くぼ》みかな
藁《わら》の馬覚《おぼ》束《つか》無くて盆《ぼん》の市《いち》
破《や》れ蓮《はす》に揺らめき昇る日《ひ》影《かげ》かな
蜩《ひぐらし》の鳴く日手紙を束《つか》ねけり

匂やかな新橋《しんばし》色《いろ》や雪となる
デッサンの影の濃くなる冬日かな
仮名多き女人願《がん》文《もん》帰り花
黒土を掻《か》き出す土竜《もぐら》冬日和
聖護《しょうご》院《いん》真二つに割る白さかな
小《こ》春《はる》日《び》に童話のやうな犬に遇《あ》ふ
白《しら》かしの房々垂るる時雨《しぐれ》かな
祈らねど目を瞑《つむ》りをり寒《かん》満月
安らぎて手《て》燭《しょく》吹き消す聖《せい》夜《や》かな
宇宙より天祐のよう日脚伸ぶ

出版に際し、ふらんす堂に深謝。

著者略歴

岡山晴彦

一九三三年（昭和八年）生まれ
熊本市出身
日本現代詩人会　会員／著作
詩集『影の眼』（ふらんす堂）2010
譚詩劇『女鳥』岡山晴彦戯曲作品集（〃）2016
日本劇作家協会　公開作品
戯曲デジタルアーカイブ
早稲田大学［演劇博物館］収録
『綺羅の鼓』
『石橋の伝説（肥後石工水之口橋別離　大川心中物語）』

〒214-0037　川崎市多摩区西生田4-24-16
Tel/Fax：044-954-8065
Mail：okawahare1933@aroma.ocn.ne.jp

ぼくの昭和《しょうわ》のものがたり　岡山晴彦作品集

二〇二五年二月二〇日刊行
発行人—山岡喜美子
発行所—ふらんす堂
〒182-0002 東京都調布市仙川町1-15-38-2F
tel 03-3326-9061 fax 03-3326-6919
url www.furansudo.com email info@furansudo.com
装丁—和兎
印刷—日本ハイコム㈱
製本—㈱松岳社
定価—三〇〇〇円+税
ISBN978-4-7814-1713-4 C0095 ¥3000E